U0071777

GAEA

Gaea

超殘虐愛神 2

林明亞 著

超殘虐愛神 2

目錄

本故事發生於與現實世界極度相似的架空世界，劇情純屬虛構，如有雷同實屬巧合。

第1.0章
楊家姊姊

偏僻的一座小公園，花草植栽被破壞殆盡，遊戲設施滿是塗鴉，興建初期還有附近的婆婆媽媽帶兒孫到此放鬆心情，順便嗑點瓜子聊點八卦，後來鬧出命案之後，漸漸地，來公園的人全是些三教九流，流鶯利用公廁賣淫、混混利用涼亭交易毒品、流浪漢利用草地當床，自然而然，孩子們被命令不准進入公園，一眼望去彷彿成了生人勿近的禁地，就只差幾條封鎖線，來強化這個意象。

蹺蹺板是僅剩不多還能發揮正常功能的器材，左右兩端，一女一男，乍看之下沒什麼特別，但細看之後就會察覺不對。

奇形怪服的少女，一身不合時代、不合邏輯的大粉紅色，活脫脫就是動漫中的魔法少女跳進現實，手中的法杖更是證明了這點，誇張的雙馬尾因爲蹺蹺板的上下，揚起，如同一隻巨大鳥兒的翅膀，快活地振翅高飛。

頹廢邋遢的中年男子，上半身是泛黃的白襯衫，下半身是卡其色的五分褲，眞的像極失業太久待在家裡，被老婆趕出來的可憐丈夫，下巴長著惆悵的鬍碴，眼睛大半被過長的劉海給遮住，一臉哀怨的苦味，不知道這輩子得遭遇到多少挫折，才有辦法凝聚出這樣的表情。

他們正是愛神與死神，讓蹺蹺板有著幸與不幸的兩端。

「魏魏呀魏魏～」樂芙甜滋滋地呼喚。

「別，請不要這樣叫，我會害怕。」老魏看起來更苦了。

「今天我們兩個的案件同時完成，多麼可喜可賀的日子，你幹嘛這樣子？」

「唉。」

「更何況面對少女的撒嬌，你這種表情完全是犯罪哦。」

「以爲我不知道妳是現今可知最古老的愛神嗎？」

「呵呵，人家的少女心是亙古不變的。」

「唉唷，妳還是去找小菜跟阿爺吧，我眞的承受不了妳。」

「欸，我可是有事找你幫忙，這是什麼態度啊？」

「這就是我最害怕的地方。」

「不管啦，你不幫，我就跟你沒完沒了，反正我本來就很想嘗試看看，可不可以在神明之間牽上紅線。」

「……」老魏輸了，其實早就知道自己不可能贏。

樂芙知道得逞，喜孜孜地吐了吐舌頭，伸手比了比後面的公廁，俏皮地問：「結束了嗎？」

在瀕臨傍晚的公廁，照明的燈管早就被砸碎，裡頭黑壓壓的一片，透露出壓抑且不祥的氣息。

老魏連看都沒有多看一眼，只是遺憾地搖搖頭，輕輕地說：「目前的狀況，可能會發展成……我最厭惡的那一種。」

「大概要拖很久了吧。」

「恐怕是。」

在他們閒聊的過程中，公廁裡躺著一男一女，洗手台的水龍頭流洩不止。

男的年過半百，衣物髒髒舊舊，身邊一個大背包，裡面物品很多，卻沒有一個值錢，流浪漢的標準打扮。

女的穿著得比較整潔，臉上濃妝艷抹也遮不住歲月的痕跡，深V的薄衫與極短的包臀裙，有點不倫不類。

他們一位是流浪漢、一位是流鶯，除了手臂上的針頭之外，看起來沒什麼共同之處……

水在嘩啦嘩啦地流逝，而他們的流逝沒一點聲音，死寂、寧靜、沒有人注意，就這樣靜悄悄地死去，比一片落葉還輕、比浪費的水還不值。

流鶯張大著灰濁的雙眼，一副死不瞑目的樣子……不過她的確應該死不瞑目，辛辛苦苦一次口交五百賺來的辛苦錢，忍受著老人臭，強忍著反胃的噁心不適，此時她嘴邊乾掉的白沫，就如同她每一次工作完吐出的體液，好不容易換來的毒品竟然是劣質到殺死自己的爛貨，眞的是做鬼都不能放過那些藥頭。

流浪漢更無辜了，他是來一起享樂的，沒想到一起死。

老魏已經送走流鶯，仍在等待流浪漢……越等越是覺得不妙，眉頭像是掛上一個金屬大鎖。

樂芙見狀，溫柔地安撫道：「他們能死在一塊，可能是不幸的人生中，數得上的好事。」

「會死在一塊，是因爲他們是情侶，是因爲愛神的紅線，是因爲妳。」老魏不解地問：「妳爲什麼要替他們繫上紅線？一個用皮肉錢買毒的毒蟲、一個連毒都買不起的毒蟲，會有什麼未來可言嗎？這種程度的人，是連窮神都不願意結緣的對象吧？」

「哪有什麼特別的原因嘛。」

「我不覺得妳是以神權爲惡的罪神，我甚至感覺不出來妳有任何惡意……正因如此，才讓人毛骨悚然，好歹，妳也該擔心自己的業績。」

「先不管一點都不重要的業績了，其實你會這樣問，就已經對愛有了差別心，愛只有眞與假，並沒有等級的差距，王公貴族有愛，販夫走卒有愛。」

「愛神的每一件案子都有原因，那妳爲他們牽上紅線的原因是什麼？」

「因爲他們値得愛，也値得被愛，即便愛是不純的，充滿瑕疵的。」

「還有純不純分別？」

「是唷。」

「毒癮深重的流鶯，還能夠分享自己最寶貴的毒品，已經很不容易了，至於流浪漢老歸老，依然用心地在這片公園保護自己的女人，或許按世俗眼光，他們沒有未來，但我觀察他們數天，彼此感情眞摯，難不成還不算眞愛？」

「沒經過痛苦淬鍊，全是假貨。」樂芙說得輕描淡寫，絲毫不覺攸關兩條性命，「如同我最愛的神曲〈愛的眞諦〉，其中就有特別提到『不求自己的益處』，就用他們當例子，這樣的愛本質上是一種利益交換，她滿足他的癮與慾望，他保證她的平安與收入來源，只要其中一項瓦解，所謂的愛就不復存在了，然後被我的紅線緊緊糾纏不得分別，成爲一對註定悲劇收場的怨侶，害我的業績繼續倒扣。」

「既然妳都清楚後果，又何必濫用愛神的神權？」在老魏眼中，這位最古老的愛神簡直是一團粉紅色迷霧，看不透。

「假的愛，也比沒有愛好。」

「……」

「你這是什麼表情啦，討厭，像看見怪物似的。」

「……妳所謂的眞愛到底是什麼？」

「我會製造出來的，就用我自創的樂芙式兩階段眞愛驗證法，第一階段就是痛苦的煎熬磨練，只要通過，想必這對情侶，便能夠昇華到無私的精神層面。」

「這種言論，騙騙單純的小菜應該沒問題，但我，算了吧。」

「眞正的關鍵還是在於第二階段『對比』……」

「不不不。」老魏阻止荒謬的臆想，繼續道：「根本就不需要用這種歪理，簡單來說，就跟每個愛神追求的一樣，尋找到能夠無條件、不求回報爲彼此付出，一心一意忠於對方的男女，繫上紅線，產生的就是眞愛了吧。」

「太無趣了……」樂芙厭惡地捂住鼻子，彷彿聞到什麼狗屎惡臭，「整個塵世就是被這些三流愛神搞得無聊透頂，他們不如回去過往的封建時代，女人是男人的所有物，紅線永恆不斷的日子算了，業績一個比一個更好，想必執業得特別快樂吧。」

「我的確認可大部分的人類自私，就連愛情也立基在利益交換，但正是因爲有少部分的人類不自私，所以這些人才顯得珍貴，值得愛神的祝福。」

「沒有。」

「妳、妳說什麼？」

「我說沒有這種人，在沒有經過提煉之前，人類的所有情感全是自私的。」

「絕對沒有這回事。」老魏難得激動了起來，「最近，我發現了一對姊弟，其中的姊姊爲了自己雙胞胎弟弟幾乎是犧牲了一切。」

「可憐的姊弟，居然被死神發現……」樂芙嚶嚶地哭了幾聲，像貓。

「他們活得很好，只是因爲這位姊姊的工作很……特別。」

「喔……喔喔!?」

「拜託妳不要露出這種充滿好奇的表情……」老魏開始後悔了。

「是怎樣的工作呀？」

「不過是開早餐店的。」

「什麼嘛……早餐店？」樂芙失望的神情都還未徹底展開，一個轉念，就已經按捺不住地興奮了，「不對、不對不對……早餐店怎麼可能會被死神盯上，關鍵一定不是在早餐。」

「這、這不是重點，我是想說自己身爲死神，見證過無數的生離死別，有的人確實擁有無條件爲愛付出的高貴情操，妳一竿子全部否決未免太隨便了。」老魏徹底地後悔當中。

「先不論我們愛神所談之愛只有愛情，而你試圖用親情偷換概念的問題……我本身還是不太相信有你說的這種人，不然這樣吧，告訴我早餐店在哪，我親眼見證。」

「不可能。」

「拜託、拜託嘛，魏魏。」

「住口。」

老魏不願意再提這件事，霍然站起身，重量離開了蹺蹺板，導致另一端的樂芙重重地摔落，屁股遭受到非人道的衝擊。

死神完全不管愛神的幽怨眼神，打算去進行他最不想使用的神權。

「喂，你要去殺人了，對不對？」樂芙直接說破，不管自己正位於塵世。

「……」老魏的腳步一頓。

「我知道的，過去的死神，僅負責牽引亡魂的工作，是因爲醫學與科技的發展，發明精良的維生器具，出現許多腦都死了，可是身軀卻活著的怪異狀況……」

「……」

「漸漸地，死神就擁有殺人的神權了。」

「我也不想，只是他唯一的伴侶已逝，沒有親友能長期照料……基本上沒有康復的希望，那，不如讓我幫忙吧。」提及流浪漢，老魏滿臉倦意。

「我就說吧，其實我們都是受害者。」樂芙直直地凝視死神的背影，彷彿能夠穿透到最深處。

「要有受害者，得要先有加害者。」

「這個『時代』以及『人』。」

「神經病……」老魏繼續往公共廁所走。

樂芙不以爲意地說：「我會找到你提到的早餐店，親眼見識願意爲弟弟付出所有的姊姊，假設如你所說眞有無私的情感，那我會認眞地替這對姊弟找到最棒的歸宿……反之，你得幫我一個忙。」

老魏擺擺手，表示沒興趣。

「如有一日，我消逝了，你要接替我的遺願……」

「存在不知多久的愛神，說會消逝？妳是在塵世混太久，頭殼壞掉了吧。」

「那我就當作你答應了喔，掰掰。」不給對方拒絕的機會，樂芙無恥地說走就走。

老魏停下腳步，慢慢地回過頭，注視著空無一人的蹺蹺板，一股不祥的預感油然而生……

第3章

萬姓警官

「卑鄙的是非門，當初講好妳要無償當我的奴隸一百年，現在才過多久？居然恢復妳城隍的神職，天啊，所謂的天道不公、司法迫害就是長這個模樣。」阿爺心有不甘，聲音漸漸大了起來。

「閉嘴。」迎春一邊說、一邊將劍從桌底抵了過來。

這把劍是眞正意義上的武器，不是裝飾、不是角色扮演的道具，鋒利的劍尖發出冷冽的寒芒，所幸，冷清時段的麥當勞並沒有內用的客人，附近沒有人瞧見這凶險的一幕。

方士爺，被稱爲超惡意財神的男人，一身雅痞風格的西裝筆挺，一條怪異的藍色領帶長得近乎觸及地板，宛若變異人種的怪異觸手，只是此刻面臨劍尖的威脅，畏懼無力地垂落。

夏迎春，本該是隱匿塵世追蹤罪神的城隍，卻因爲某位財神的刻意誤導，造成嚴重的失誤與誤判，遭到是非門敕令成爲財神見習一百年，來徹底學習世間冷暖、社會運作……

沒想到，勢態緊急，是非門恢復迎春的神權，並且指派一項特殊任務。

「太奇怪了，無論從什麼角度來看都很奇怪，簡直就是一齣充滿不合理之處的爛戲，在影評網得到前所未見的一致負評，女主角從此退出影壇成為沒人在意的過氣演員，然後狗急跳牆拿一把劍威脅權利受到損害的無辜好人！」阿爺眞的是忿忿不平。

如果要比油嘴滑舌，迎春深知自己永遠比不上對方，說什麼奴隸？過氣演員？無辜好人？太多地方需要反駁了，那還不如輕輕地把劍往前遞一公分……

「欸欸欸！不要，等一下，這裡是塵世，不要亂來啊！」

「你既然會怕，為什麼還要說出這麼多惹我生氣的話呢？」

「話說、話說回來，是非門到底交派什麼任務？」

「終於願意談正事了嗎？」

「願意、願意，非常樂意。」

聽到財神終於乖乖地低頭，城隍收起了那一把超現實的劍，臉色漸漸變得有點詭異，似乎有什麼話想要說出口，但始終找不到一個正確的措詞，最終只好用力地喝了一口可樂。

阿爺察覺到不妙，趕緊陪笑道：「好吧，既然如此，妳也恢復城隍的神職了，那今天起我們就分道揚鑣吧，妳的任務是妳的任務，我還有業績要做，告辭。」

「你給我坐下。」

「……」

「樂芙，沒了……」

「沒了？」阿爺慢慢地坐回原位，笑容也跟著垮下。

「她犯了非常非常嚴重的錯誤，對塵世的干涉幾乎到了崩潰的地步，是非門不得不……」

「是嗎……」

「被其他的同事抓住，她就沒有逃脫的機會了。」

「是不是那家早餐店？」

「沒錯。」

「果然……不過，僅僅是死掉了幾個人，會造成這麼大的問題嗎？」

「是非門，不，一定是天庭認爲會。」

「那其他的城隍呢？問題這麼嚴重，難道就只派妳一個？」

「關於這一點，其實非常不可思議……是非門認爲假設這一大串的因果，是一灘混濁不堪的渾水，而你、我、小茱、老魏、樂芙全部都牽扯在其中，髒了就髒了，盡量限縮傷害，所以說，要是有別的城隍介入，非常有可能再弄髒了另一盆無關清水，這樣子下去眞的沒完沒了。」

「爲什麼是我們？難道就是因爲我們常聊天？」

「因爲我們一起救過一個人。」

「……」阿爺恍然大悟。

是的，他們曾經一起用最直接、最暴力的干涉，救回一名可憐女人的命。

「你一定很好奇爲什麼是非門知道此事，卻遲遲沒有動作吧？」

「原因？」

「是天庭直接阻止的。」

「傳說中，門後面的偉大存在嗎……」

「天庭似乎認爲，芬芬之死本身就是遭到干涉的結果，本來會產生更嚴重的偏離，而我們雖然是用很荒誕的手段救回芬芬，但反而意外地修正回一些……之後我們種種的行徑，包括對小菜的嚴重失誤，是非門全當作不知的原因，是認爲錯上加錯的錯不是錯。」迎春用不算俐落的口才努力解釋。

「這是毒稻子理論……假設稻子是有毒的，那它結出來的米也會有毒，這時候再去替米粒下毒，本質上沒有任何影響，當然不算一種罪。」阿爺總算解開一個長久的疑惑。

「大、大概就是你說的這樣。」迎春雙手抱胸，點了點頭，根本聽不懂。

「城隍，眞是辛苦您，畢竟奉命修正如此複雜的因果，是相當繁複的偉大工程，如我這種渺小的神祇實在不適合再耽誤您寶貴的時間，便先行告退，預祝您一帆風順、馬到成功。」

「坐回去，不要逼我說第三次。」

「……」

「不准用這種委屈的表情瞪我。」

「我眞的不懂……妳如今神權盡復，再也不受我牽制，到底還想怎樣？」

「幫我。」

「我自己也有工作……」

「以後換我幫你。」

「爲什麼找我？」

「畢竟、畢竟……我就不像你能想出這麼多無恥、下賤、卑鄙的計畫，所以你最適合幫忙。」

「……妳確定是在請我幫忙嗎？」

「確定。」

「妳怎麼好意思啊？」

「就憑我們之間的交情。」迎春完全不是在說笑。

阿爺苦笑道：「還記得我剛剛被一把劍刺傷吧？」

「記得，我又沒得老人痴呆症。」

「我從未見過如此厚顏無恥的神……」

「幫我。」

迎春再說了一次，語氣中沒有恐嚇也沒有哀求，全然是不可動搖的信任，跟在他身邊這些年早就搞清楚超惡意財神的真正面目了，他的惡意是建立在對人的失望，不代表他能眼睜睜地看著無辜的人受苦。

她藏在高中少女的表面下，並不像阿爺想的那麼愚笨。

「……」阿爺依然在苦笑。

「樂芙一定謀劃了一場深深影響塵世的局……即便她消逝了，影響力仍在發酵。」

「我並不想破壞她的計畫。」

「難道你不想知道她眞正的想法嗎？我們都認識樂芙、都知道她的遠久經歷了……最古老的愛神居然瘋狂，你不好奇背後的原因與其眞實的目的嗎？」

「她本來就是瘋瘋癲癲的。」

「你心知肚明不過是假象。」

「唉……」阿爺常駐的笑容全數消失。

迎春認眞地說：「你幫我，我去幫因爲這個混亂因果受害的人。」

「我不覺得她背後會有什麼原因，在我看來，更像是一個工作太久，寧願去死也不願意再做下去的人……」

「是嗎……」

「可能吧，而且像是這種老經驗的愛神，如果不確確實實知道她最終的謀劃，是根本無法阻止的。」阿爺一掃過去嬉笑怒罵的樣子，嚴肅地說：「瘋子的想法本就難以猜測。」

「那我們該怎麼辦？」迎春問。

「解決衝突有三種方式，第一種，用更高層次的強大外力介入；第二種，解決其中一方；第三種，乾脆雙方都解決掉。」

「……你不要趁機使壞。」

「第一種，對塵世的干涉更深；第三種，妳又不喜歡，那也只有第二種可以選了。」

「其實講這麼多我聽不懂啦，乾脆告訴我該怎麼做就好。」

「至少，要先讓必安活下去。」

「沒問題，那我們走吧。」迎春站起身來，離開座位，將左手擺在財神的面前。

「這是？」阿爺一愣。

「你不是說過，要瞭解人，要先從模仿人類行爲開始？雖然我現在已經不是財神見習，但是希望課程能夠繼續。」

「喔、喔喔！」

阿爺趕緊抹掉掌心的冷汗，小心翼翼地握住迎春的手，並且十指緊扣著。

已經到這個地步，他實在沒有勇氣承認這是個惡作劇，乾脆……乾脆……繼續將錯就錯下去。

□

必安知道自己完了，只是捨不得大傻一起。

地下室，封閉的空間。

之所以封閉，本來就是爲了保護躲藏在裡頭的人。

她精心設計的安全屋，沒想到被找到、被突破了之後，安全屋變成了蟑螂屋，他們不過是被黏住的蟑螂，除了等待死亡之外，沒有別的事可以做。

對於闖入的惡煞來說，自己的老大鬼哥失去聯絡，和外頭斑斑的血跡以及七橫八豎的重傷弟兄們，都一再顯示，鬼哥的處境非常不妙，只是他們搞不清楚是怎麼回事，矛頭當然指向必安。

於是，她知道自己完了，只是沒想到，面對人數數倍的威脅，最大的力氣不是來對付惡煞，而是死死地拉住大傻。

大傻不打算輕易就範，一掃過去的傻氣，雙眼凶惡地瞪著敵人，必安在後方看不見他的表情，還以爲這傢伙傻病又犯了，急乎乎地自己貼上去送死，大喊著「不要衝動」的效果也極其有限。

惡煞們彷彿是聞到血味的殘暴獵犬，密集地圍住獵物，手中的刀械與棍棒是發出駭人銳芒的獠牙，而令人戰慄的低吼全成了「不碎屍萬段處理，幹，對不起鬼哥」、「鬼哥只要斷一根頭髮就斷你們的手指來賠」、「一起去死，沉進淡水河吧」、「一個白痴跟一個爛婊剛好埋在一起」。

吼聲在密閉的地下室放大許多倍，惡煞與他們的距離已經近到一刀砍去就能卸下一條手臂的程度。

生死一線，無法轉圜。

人數太懸殊了，大傻深知即便自己在警校受過專業的搏擊訓練，利用偷襲的方式頂多能擊倒兩名，後面的惡煞只要一擁而上，再厲害的格鬥選手也會被壓制。

矛盾的是，他還有一個迫切的目標，要替學弟報仇、要找出當今黑色世界中最有影響力的幕後掌舵者「謝律師」，所以他不能死在這裡，同時不願白白浪費近一年的辛苦偽裝，在必安面前拆掉假身分。

只能賭一把了，大傻放棄抵抗，雙手被捆於身後，雙膝跪在骯髒的地面。

見到這個場面，必安的心好痛，不願意見到單純又無辜的大傻遭受這樣的無妄之災，泛白無血色的唇瓣不自覺地輕顫，死命地想找出能讓大傻全身而退的方式……

然而，在危機降臨的轉瞬之間，她根本無法思考，腦袋莫名其妙地不斷不斷重播過去的事……

從小，家裡過得不算富裕，父親在學界小有名氣，做的是不賺錢的研究，除了養自己的研究室之外，還有長期在外參與研討會、出差的費用，不多的贊助與鐘點費入不敷出，都得依靠母親的早餐店，來維持最低的生活水準。

父親死後，留了一筆債務，母親傷心欲絕，如果不是弟弟給了最後的希望，恐怕早就活不下去了，就憑藉著「要把兒子培養成才」的堅定決心，一個人當三個人用，支撐著整個家不倒。

可惜造化弄人，母親生病了，不可逆轉的絕症，先不論父親的債務，光是龐大的醫藥費，就足以碾碎任何家庭，更何況是未成年的必安。

這種年紀，在正常的市場是找不到工作的，於是在因緣際會之下，慢慢地接觸到見不得光的世界，存在於法律之外的不法之地，可以接受她的存在，便有了賺到錢的機會。

她接替母親的工作，遵循不可質疑的遺願，放棄正常少女所能享受的一切，全心全意地兼差工作，白天站在煎台前經營早餐店、深夜女扮男裝在酒店當少爺，供給弟弟優渥的學習環境。

直到有一天，在某張擺滿酒瓶的桌邊，她遇見曾經低調出現在母親喪禮的男人……

從此走上一條滿是屍體的路。

她無法想像大傻變成屍體的模樣。

眞的無法。

「放過他，我跟你們走。」必安輕輕地對滿屋的仇家說。

大傻的身軀一震，忍住沒有回過頭，是害怕自己的表情會露餡。

「就算金四角是著名的厚臉皮幫派，但冤有頭、債有主，這種基本的江湖道理還是會遵守吧。弟弟闖的禍由姊姊負責天經地義，全部衝著我來，不要欺負一個連本名都不知道的傻瓜。」

「鬼哥在哪裡?」

「我講出來你也不會信的。」

「幹，妳不要浪費我們的時間。」帶頭的惡煞抽出插在後腰的刀，迅速拆開包覆刀刃的報紙。

必安面無表情地說：「被秦先生殺了。」

寒光一閃，她的左臉頰被劃破，溫熱的鮮血沿著臉緣最終從下巴一滴一滴墜落，帶著刺痛。

「還敢給我玩挑撥這招？鬼哥跟秦先生的交情深厚，能讓妳這種臭婊子亂講？」

「……信不信隨你，放這個傻瓜走吧。」

必安毫不在意自己的臉破相，唯一在意的只有大傻一個。

大傻不算是資深的警察，但基礎的眼觀六路、耳聽八方，清晰掌握現場情況還是做得到，就偷偷地回過頭，明明是如此緊張的狀況，卻被那雙眼睛搶去所有的焦點，一瞬間便記憶了必安此刻的神情。

她的眼尾還殘有乾掉的淚痕，沒有女孩子在碰上危機時的徬徨與畏懼，口氣維持得過分平穩，彷彿根本沒見到準備傷害自己的敵人與凶器，依然是一副看開、看透的樣子，像是早就確定難逃此劫，還有，深信著沒有人會來救自己。

連一點最基本希望與殷切都沒有，就算是墜落海洋中央的人，也會期待出現一艘船或漂來一根浮木，可是她沒有，已經坦坦蕩蕩地在等死了。

大傻沒見過這樣的女人，雙手緊緊地握拳，整個背都是分不出熱還冷的汗，繼續臥底最後將謝律師送進監獄……這是最高、最重要的目標沒錯，問題是他沒辦法放任必安在眼前被殺。

縛於雙手的束帶已經悄悄地鬆脫，他有把握突然的暴起，至少能幹掉兩人，只可惜現場遠遠不只……

惡煞憤恨地說：「看妳的表情……我知道妳是絕對不會說了，目前鬼哥危在旦夕，需要我們這些兄弟幫忙。」

大傻張大雙眼聽出了不對勁，一股不妙的預感讓整張臉全麻了。

「電視上演的那些嚴刑拷打，幫內玩的剪手指、割耳朵……我們就算了，反正結果一樣，乾脆省略步驟，直接跳到割開妳的脖子……」

他甚至沒有把話說完，右手的刀劃出一道殘酷的銀芒，筆直地割向必安纖細的脖子與其中的氣管。

這個動作，這輩子實在是做過太多次，已然熟練到行雲流水、不著痕跡的程度。

然而。

他眞的沒想過會遇上這樣的變數。

天花板突然破一個大洞。

大洞中落下一袋手提包。

手提包代替必安被割開一個破口。

破口散出的是無數藍色的鈔票。

天花板年久失修破損正常、手提袋內裝錢正常、錢藏在安全屋正常……但統統串在一起就很不正常！必安抬起頭，宛若是想看清楚這個世上是不是眞的有位於更高的未知存在，不過破洞就是個破洞，除了經年累月堆積的灰塵與偶爾路過的老鼠外，只有瀰漫的煙灰。

白花花的鈔票，如同彩球爆開噴出的藍色彩帶，即便髒了，光彩也不減半分。

必安是預計近期可能會需要用錢，才先行一步藏在安全屋的天花板。

帶頭的惡煞是鬼哥的親信，殺意十分堅定，一刀不成緊接著就是下一刀……

「等等！」

刀懸在半空，他回頭去瞪著喊停的兄弟。

「隨便掉出來都是上百萬的錢，這婊子不知道還藏多少。」

「那又怎樣？」

「這是她欠鬼哥的，當然要徹徹底底搜刮乾淨，現在殺她太可惜了。」

很明顯的貪念，任何人都知道鬼哥看不上這點錢，同時也知道鬼哥大概是用不了這筆錢，但這番話還是引起大部分人的認同，當然認同的時候一定要義憤塡膺地說是爲了鬼哥。

氣氛變得詭譎，因爲帶頭的惡煞聽不進這種蠢話。

密閉的地下室陷入只餘呼吸聲的沉默。

突然，手機鈴聲響起，爲現場爭取到寶貴的喘息空間……

有人接起，態度客氣得一點都不像惡名昭彰的幫派分子，所有人都在聽他唯唯諾諾地說是、有、好、知道知道、沒問題……最後通話時間不過區區一分多鐘，卻立刻逆轉目前傾斜的情勢。

「叫我們放人……因爲這婊子跟這傻子與鬼哥沒半點關係，我們就不要額外惹事讓狀況更複雜，現在最要緊的是找到鬼哥，確認鬼哥目前的狀況吧，多殺兩個無關緊要的人沒有意義。」

「這婊子無關緊要？他馬的是在說笑話嗎？」帶頭的惡煞不屑道：「電話是誰打的？」

「秦先生要我們到辦公室找他，說要慰問受傷和有功的兄弟。」

「幹你娘秦先生算什麼東西也敢對我指手畫腳？」

「秦先生也只是來轉達上面的意思。」

「操，是多上？」

「是旗老。」

「……」帶頭的惡煞臉色微變，態度變得很不一樣。

「旗老是鬼哥義父，在幫裡是什麼地位……難道會拐我們嗎？走吧，找到鬼哥最重要。」

帶頭的惡煞慢慢地收回刀，輕蔑地吐了口唾液在地上，對必安狠狠道：「我是不知道妳靠什麼背景能請動旗老，但是假如讓我找到妳動鬼哥的證據，無論誰來勸，妳一樣得死。」

□

圓桌，中央擺著三疊的千元大鈔，保守估計有一百到一百五十萬之數，鈔票的周圍是一道道可口的名菜，可說是山珍海味應有盡有，不過，根本沒人在意。

圍繞圓桌而坐的惡煞們，在意的當然是比龍蝦、鮑魚更美味的錢，剛剛在地下室已經發了一筆橫財，還沒討論好要怎麼分，現在居然又來了一筆。

身爲東道主的秦先生包下朋友的海產店，犒賞這一次立下最多功勞的人，當然不免俗說自己已經派出所有人去找了，即便所謂的所有人目前全部埋伏在前後兩個出口。

空調開得好強，但惡煞們的胸口變得好火熱，聽著秦先生一條一條細數著鬼哥支部的種種豐功偉業，去年的某某時刻搶下多大的地盤、今年的營收又增加多少……諸如此類，簡直像是在計算自己的業績分紅。

一頓飯，大家都吃得不是很專注，大部分的人都在盯著桌面上的激勵獎金，可是依然有一人還在乎鬼哥的生死。

「秦先生，我們鬼哥現在下落不明，你又是請客又是發錢的，恰當嗎？」

「做任何事之前，總是要先讓大夥吃飽啊。」

「那就隨便吃一吃，我們快分頭去找。」

「難得、眞是難得……」秦先生敬佩地放下筷子，起身，一邊鼓掌、一邊繞著圓桌漫步，對惡煞們說：「鬼哥年少成名，就是靠你們這幫忠心耿耿的兄弟支撐，要我說，金四角就沒一個支部能跟你們一樣團結、夠力。」

眾人被捧得有點飄飄然。

「就拿這回來說，你們順利抓回來鬼哥的仇人以及背叛鬼哥的賤貨已經很累了，現在明明能輕輕鬆鬆拿錢回家休息，居然還忠心耿耿，迫不及待地要去尋人，你們眞是金四角的典範。」

眾人紛紛點頭。

「不過，鬼哥這幾年眞的特別辛苦，帶著你們東征西討的，我與旗老在想，也許該是讓他休息的時候了，反正賺了這麼多錢，就算直接退休也沒問題吧，你們說是不是？」

眾人察覺到有一點不對勁。

「假設鬼哥眞的退休了，他這麼大的地盤靠你們……是不是就無人可以撼動？」

眾人一個接著一個說沒錯。

「對呀，那如果你們不去死一死，我該怎麼接手鬼哥的地盤？」

秦先生已經將一柄牛排刀，插進了帶頭的惡煞脖子中，再迅速地拔出，鮮血噴濺射得整個桌面都是。

眾人一時之間沒有反應過來，全部呆坐在座位上傻住。

就在這個關鍵的時候，埋伏在海產店前後門的人，全部衝進了店內……

這是一場小規模的械鬥。

不，這是一場單方面的屠殺。

死神就這樣靜靜地坐在最角落的空位，像是一名沒有胃口的客人，點一盤海鮮炒麵僅僅是爲了得到入場吹冷氣的資格，所以麵一直沒動，倒是高粱酒已經喝掉幾杯。

畢竟是身處不同的世界線，他一點都不在意背景畫面中的血肉橫飛，無動於衷地等待著業績自然成長，而非常突兀的是，他的手中有一封粉紅色的信，信封上寫著「財神介入時開啓」，旁邊還畫了幾個可愛的小愛心。

死神周身特有的黑色光芒，如一片陰鬱流動的黑色海洋，在暗濤洶湧的海平面上，安穩地漂浮著粉紅色的小點，所有的浪都像是捨不得傷害一般，漸漸地潛伏，成了一面映射不出任何事物的鏡。

老魏很遺憾，樂芙眞的消逝了，如同她曾經預告的，也如同自己不妙的預感。

死神送別過無數的人，可是自己永遠無法習慣離別。

「妳到底在想什麼呢……」他又飲了一口高粱酒。

很顯然目前的狀況是阿爺出手了，已經合乎這封信開啓的條件。

老魏小心翼翼地拆開，取出裡頭的信紙，看了幾行就不禁笑出聲，這誇張的用字遣詞以及表情符號，就像是她本人躍然於紙。

魏魏，想必是收到我的信啦！請不要因爲我的離開哭哭啼啼，請把我想成當膩了愛神，想方設法找到一個能順利退休的終極絕招，終於能揮揮衣袖不帶走一片雲彩。至於我會成爲飛禽走獸還是細菌臭蟲呢？誰知道？或許這根本是天庭放出來的故事，也或許……某天你一如往常呆坐在蹺蹺板上時，會發現有一隻粉紅色的蝶停在你的鼻尖。

老魏一手掩著臉，動容道：「就說……別這樣叫我……」

別驚訝於我的預言，只要見的人夠多，擔任神職的時間夠長，自然能掌握因果的輪廓。過去阿爺常說，人的一生全是自我選擇建構而成的，這其實只對了一半，人的一生百分之五十是由自我選擇決定的沒錯，但另外的百分之五十則是受神權影響，所以我們對人而言就是俗稱的命運，只要能感悟這兩點，其實業績要多少有多少。

「問題是，妳那慘澹的業績可沒多少說服力……」老魏一個停頓。

你八成會嘲笑我的業績很爛，卻不知道我只是想找到能打破預測的人，希望有個結緣對象能出乎我的預料之外。可惜，沒有，眞的沒有。同樣地，我也能預料到，是非門因爲不想讓混亂的因果外溢，絕對會找回迎春重新擔任城隍，那最後的結果就很好猜了，迎春必定會找阿爺幫忙。

「說的有道理……」

而且，阿爺會怎麼做，基本上我也大致猜得到喲，嘻嘻。另外，一定要記得我們之間的祕密賭約，我可是滿心期待地關注這對姊弟呢，想見識一下最濃烈的姊弟之情，最終會走向何種未來。

「唉，妳到底想做什麼……爲什麼不乾脆寫在信中呢？」

人家後來才發現，魏魏眞的是很賊哦，特別挑了姊弟這種愛神神權無法干涉的情感，對我來說眞的是太不公平啦，不能繫上紅線的愛神，豈不是跟廢物沒兩樣嗎？啊啊，眞是討厭！

「被妳莫名其妙牽來這的我，才是眞的不公平吧。」老魏重新闔上讀畢的信，慢慢地收進貼近胸膛的暗袋，與其他幾封未開啓的信擺在一塊，抬起頭望向血流成河的場景，「不過業績倒是賺了不少……」

六條錯愕的亡魂還搞不清楚狀況，全然失去本有的陰險狠戾，灰白色的雙目不約而同地迷惘。

「喂，你們已經死了，所以不必再看，反正塵世的種種已經跟你們無關。」

老魏匆匆地一口飲畢高粱酒，對亡魂們招招手，進行例行的公事。

「我是死神，統統跟我來吧。」

□

必安還在愛心型的床上昏睡。

這幾天的策劃與安排，還有對弟弟的安危與憂慮，早就透支全部的體力與精神力，她能不動聲色，絲毫不示弱地支撐到鬼哥的手下們離開才暈倒，著實展現出超常的意志力，以一名剛二十歲的少女來說，眞的很不容易。

大傻很快地收起自己的欽佩之心，開始煩惱目前的狀況，光是坐在這張造型獨特的床鋪，就渾身不自在，更別說放在床頭旁邊的情侶衛生用品，以及那一張怪模怪樣的椅子、昏暗曖昧的燈光、玻璃帷幕的浴室，都一一顯示這裡是汽車旅館。

沒辦法，他揹著必安不能回去早餐店或是安全屋，畢竟惡煞們會不會突然反悔誰也說不清楚。

方圓幾公里內又沒有適合過夜的地方，真的是迫於無奈之下，才用了必安的錢，開了一間房。

大傻很擔憂自己臥底的身分暴露，其實光是一個傻子揹著一名漂亮的女人進汽車旅館，本身就是很值得懷疑的事，但他實在做不到將受盡苦難、又被弟弟背叛的必安隨便扔在路邊。

她值得一張能安穩休息的床。

吃著一包薯片當作早餐，大傻還在苦惱需要怎樣的說詞才能瞞過精明的早餐店老闆……突然感受到床在震動，他立即換回那張痴傻的臉，聽著身後傳來必安嘶啞的嗓音。

「我……不、不對……這是哪裡？」她緩緩地坐起，迷茫地環視四周。

大傻假裝沒聽見，繼續咀嚼著薯片，咔茲、咔茲的，背部全是冷汗。

「這、這裡是……飯店？不……這裡是汽車旅館？」必安說出的最後四個字高了幾度音，雙手反射性地拉起棉被蓋住身子。

「……」

「你帶我來的？」

「……」

「一定是，趁我昏睡……」

「……」

「果然、果然男人都是一個樣，跟笨不笨、傻不傻就沒半點關係，只要給你們逮到一點機會就、就會變成這樣子，噁心、爛透了，遲早我要把所有男人下面統統割掉，用油漆噴成黃色，偽裝成香蕉整車載去山上餵猴子吃！」

「……」大傻只覺得下體傳來冷意，依舊咔茲咔茲地咀嚼。

「你再給我吃那包事後餅乾試試看……信不信我跟你同歸於盡？」

「……」大傻整個人瞬間僵硬，口含著薯片不敢咬。

「吐出來……」

大傻乖乖吐出來。

「還不馬上交代清楚！」

「我不知道……我什麼都不知道……昨天安安睡著了，我找不到睡覺的地方，早餐店壞掉了……地下室又有壞蛋，我找不到睡覺的地方，就一直走，一直走，一直走……」大傻說到關鍵，腦部發揮了超常的運作能力，「看見有一對哥哥、姊姊進來，我就跟著一起進來。」

「然後呢？」必安的語氣一樣很冷。

「然後在牆上，我看見很多床鋪的圖片，我就說我也要，就、就被帶來這了。」

「我要聽的然後，不、不是這種然後。」

「然後天黑了，已經到睡覺的時間，我也很累了，就在地板上睡著了，然後早上起來，肚子好餓好餓，就發現一包餅乾，好好吃喔，呵呵呵。」

「你確定只有這樣子嗎？」

「確定，餅乾我沒有吃完，有留給妳。」大傻將剛剛吐在手中的薯片，攤開來給她看。

「誰要吃你噁心巴拉的東西！」必安沒好氣地說。

她的一顆心稍稍放了下來，眼前的傻瓜估計真的不敢做出什麼踰矩的事，滿腦子想的就是吃吃吃，其餘的空空如也，情急之下大概也沒有想到男女進入汽車旅館有特別的含意。

爲了讓自己徹底安心，她緩緩地掀開棉被，確認上半身的衣服完好如初，再低頭看下去，確定下半身的褲子也在，最後再往下看，連昨天穿的鞋子、襪子都還在，毫無理由，一股濃郁的不滿之情油然而生。

「你好歹要幫我脫鞋吧，髒死了！」

大傻是個說到做到的好男人，說什麼事都沒有做，就眞的什麼事都沒有做。

對於他眞的什麼事都沒有做，必安越想越是不爽，傻瓜歸傻瓜，好歹也算是個男人，既然敢大放厥詞說要保護自己，那基本的幫忙更衣是一定要做的吧，結果就隨隨便便扔在床鋪算什麼啊，如果今天是個小鳥依人、溫柔婉約的女孩子，估計大傻就會更加積極。

必安臭著臉，進去浴室洗澡，發現隔間的是玻璃帷幕，便自暴自棄地脫起髒衣服，反正大傻正背對著這裡，全心全意地吃著餅乾，根本不會注意到自己。

熱水沖掉這幾日逃難累積的污垢，也漸漸地沖掉自己的吸引力輸給餅乾的挫敗感，腦袋變得清晰之後，開始順理昨日逃過一劫的狀況。

很顯然能讓一批復仇心切的惡煞們硬生生忍下恨意，拯救危在旦夕的自己，必然是老闆出手了，畢竟身爲江湖仲介人，認識金四角高層很正常。

「欸，昨晚我的手機有響嗎？」必安推開浴室門，讓聲音能夠傳送出去。

臉紅得像關公似的大傻坐立難安地說：「沒、沒有。」

餅乾早就吃完了，但他被迫維持還在吃的動作，手伸進包裝袋中取出一團空氣，然後滑稽地放入口中咬，一切都是爲了順理成章地不回頭去看。

眞的無法理解這個女人是怎麼回事，爲什麼可以毫不在意地在男人面前洗澡？他不得不開始懷疑，是不是自己太過保守？還是現在的女生本來就這麼開放，自己一輩子不是待在警校就是警察局，所以沒見過世面？

「弟弟眞的沒有找我嗎？」必安狐疑。

「沒有電話。」

「奇怪，既然鬼哥已經死了，金四角不可能再糾結於不重要的私仇，弟弟跟他們根本沒有利益衝突，沒道理繼續死纏著不放，你說對不對？」

「不、不知道……」大傻根本沒心思回答。

「弟弟到底怎麼了……我相信他一定是在走投無路的情況下才會說出我的祕密……」必安停頓，換一個讓自己比較好受的說詞，「說出我們的安全屋。」

「穩穩說出去了。」大傻的語氣一沉，內心深處爲必安感到不值，尤其是憶起了她當時無聲悲泣的臉。

「他有苦衷。」

「……但是你們交換的話，安安是穩穩、穩穩是安安，妳絕不會說出來的。」

「你說什麼？」必安關掉蓮蓬頭的水，真的沒聽清楚。

大傻後仰躺在柔軟的愛心床，幽幽地說：「我累了……」

「別睡、別睡。」必安圍著一條浴巾就出來了，趕緊找到放在櫃子上的手機。

螢幕顯示大傻沒說謊，真的沒收到弟弟的來電，下一秒主動撥電話過去，沒有人接通，再撥電話給樂芙，依然沒人接通，她產生一種一覺醒來全世界都失蹤的錯覺。

大傻蜷起四肢成一顆球，縮在床的邊緣，是無法偽裝的疲憊，畢竟昨日惡煞們突然撤走，狀況依然混沌不明，他守在房門整整一夜沒睡，直到天亮才弄來一包薯片充飢。

「起床，快點。」必安跪在床鋪，雙手猛推那顆人球，忘記身上不過是一層浴巾，「我們先回早餐店看看，如果弟弟不在，就得去樂芙的山中別墅找。」

「……」大傻更不願意有反應，不想找。

「既然事情已經平安落幕，弟弟當然要馬上回歸正常生活，這陣子落下的課業，全部需要補回來，哪有時間在這邊偷懶。」

「不、不要推我了……」

「快點起來！」必安繼續前後猛推。

「不是……安安妳……」

「我怎麼樣？」

「……」

「……」必安總算是發現因爲自己動作過大，浴巾大半鬆脫滑落。

「……」

「……你有看到？」

「我好累，眼睛、眼睛都睜不開了。」

「給我來這套……」必安面紅耳赤地下了床，雙手緊緊抓住浴巾，去浴室找剛剛脫掉的舊衣服，嘴巴仍強硬地說：「果然男人都是一個樣，跟笨不笨、傻不傻沒關係，齷齪。」

「……」大傻維持無聲的抗議。

「到底是有沒有看到啦？給我說清楚哦。」

「我……什麼都沒看到。」

「所以你知道有東西可以看，對不對！」

「……」大傻第一次覺得這個女人深不可測，顫聲道：「我好累啊，這幾天都好累，我要先睡一下了。」

顯然不可能讓他這樣輕易帶過，必安換上衣服再無顧忌，一個跳躍就翻上了床，一個翻滾就制伏了在裝睡的大傻，跨坐在他身上，雙手壓住他的胸膛，恐嚇道：「少給我耍花招，表面說沒見到，心裡嘲笑我的身材，你們男人就是喜歡個子小小一點、胸部屁股前凸後翹的女人，像燦燦這款對不對？」

「安、安安也很好的。」

「看來你一點都不傻啊，求生意志特別強烈，這種鬼話都說得出來。」

「我是、我是什麼都不清楚……不懂……」

「是嗎？」

「眞的是。」

必安注視著大傻慌張的臉感到有趣，但不知道被燦燦拐到哪裡去的弟弟依然下落不明，實在不是欺負人的好時機。

「很好、眞的很好……」她捏捏大傻鼻子，笑容像是加了糖的砒霜，又毒又甜地說：「這筆帳晚點跟你算。」

大傻壓根沒想過自己的臥底生涯，會遭遇到如此殘酷的處境，可怕。

□

他們回到安穩早餐店。

就是那個被炸藥炸過、被大水沖過、被貨車撞過、被黑道聚集過的一家早餐店，按照道理來說，應該是破破爛爛、血肉橫飛、生人勿近的場所，結果沒想到，現場乾乾淨淨已經被整理過了。

不要說是人類殘肢以及血液，就連過去壞掉的一些設備與食物殘骸，全數收拾得一乾二淨，根本無法想像在幾天前，早餐店本該有的樣子。

一樓有三位工人，一位正在安裝新的鐵捲門，另外兩位正在搬新的抽油煙機，如果是一般不知情的民眾路過，多半會認爲這就是老舊早餐店翻新設備，並沒有什麼特別之處，但眞正離奇的地方，是在於身爲老闆的必安根本就不知道有這件事。

不過是免費的，她就沒有繼續追問到底，帶著大傻上到了二樓，本該是居家的地方依然一片破敗，很顯然這一位善心人士，只是希望早餐店能趕快經營，對於老闆的生活品質毫不在意。

「眞過分……」必安埋怨了幾聲，重新下到了一樓。

他們就不管工人如何施工了，攔了一台計程車之後，就朝樂芙山中別墅而去。

必安知道是個很偏僻的地方，但沒有想到會這麼偏僻，偏僻到司機大哥不斷地詢問，說路到底有沒有報錯，而且透過後照鏡觀察的雙眼十分警戒，深怕自己載的是一對鴛鴦大盜。

她再指往渺無人跡的路線，司機大哥果斷放棄，表示不願意再開了，必安沒有道理爲難對方，乖乖地付了車資，跟大傻一起用雙腿前往目的地。

幸好ＧＰＳ定位準確，他們沒走多遠就找到了山中別墅。

這棟樂芙自稱是伯父過繼給她的房產，滿足了必安長久的困惑，這種破房子免費送的確是合情合理……

他們一起踏入屋內，這感覺和早餐店一模一樣，整體被徹徹底底地清理過，人爲的痕跡已經消失。

「到底是怎麼回事？」必安隱隱察覺到不對。

大傻更不用說了，長期培訓的職業素養很快就確認這裡人為的鑿斧過深，簡直就是清理過的犯罪現場。

必安在門縫找到一封可疑的信，署名是樂芙，上頭無意義的廢話很多，挑出重點就是說在外國的叔叔提供一個留學的寶貴機會，因為時間急迫就沒辦法面對面道別了，未來有機會再見面。

任誰來讀都會認為這是一位蹩腳的凶手，刻意掰出一個破綻百出的故事，想替被害者提供永遠消失的理由，可偏偏這封信，浮誇的粉紅色信紙，數個誇飾的表情符號，滿滿的少女風字體，一一證明這就是樂芙親筆的沒錯。

要留學、要不告而別都沒關係，問題是弟弟呢？必安只想知道這個。

他們在別墅中，裡裡外外再搜過兩趟，依舊是沒有新的發現，如果不想在深山中過夜，現在就必須先離開，祈禱沿著產業道路下山時，神明能夠保佑遇見善心的果農或者是茶農，開車載他們下山。

不過神明並沒有保佑，這剛好給必安一個釐清思緒的機會，弟弟究竟在哪裡？

自己跟大傻是被老闆所救，老闆究竟是如何介入金四角幫務？估計就是過去跟金四角的高層有交情，趁這一次贖點人情，而弟弟必定也是在他們手上，否則那些惡煞絕對找不到安全屋。

離山下越近，手機的收訊越好，一陣汪汪汪的鈴聲，打斷了必安的思路。一接起來，是司機，來電顯示為「老闆養的一條狗」。

「妳人呢？」

「在山上度假。」

「別耍嘴皮子了，老闆特地去跟金四角的旗老套交情，就是希望妳能盡早回到工作崗位，不要再搞那些無意義的事。」

「目前家裡的情況，我得請一段長假。」

「真的奉勸妳不要挑戰老闆的耐心，最近有一單非常重要的買賣，需要妳隨時待命、認眞以對。」

「我就是一個收垃圾的滅屍人，大買賣跟我有關係嗎？」

「可能需要『消失』幾個重要人物。」司機低沉的嗓音又更低了，是極為嚴肅的展現。

對必安而言屍體就是屍體，生前是誰、生前的身分統統不重要，也不想去瞭解，她淡淡地問：「我弟弟呢？」

「老闆只需要妳。」

「但我需要弟弟平安回家。」

「我不知道他在哪裡。」

「別忘記你口中的他，也是你主人的親外甥。」

「妳怎麼會覺得老闆會在意根本不重要的親戚？」

「說的也是，連自己親姊喪禮都只出現兩分鐘的人，要不是當初他在酒店認出我……即便在路上碰到我也認不出這位舅舅。」必安諷刺道。

司機當作沒聽見，繼續說：「我會替妳打探消息，這樣可以了嗎？」

「不是在你手上，就是在金四角手上，還需要打探？」

「聽金四角的人說，妳弟弟帶著那個女人逃了，既然他沒跟妳聯絡，那我的消息妳肯定需要。」

聽司機篤定的口吻，必安的雙足突然定住，整個像是插在一片泥沼中的枯枝，慢慢地往下沉去，嘴巴冷笑幾聲，表示不值得信，但內心最陰暗的角落又認爲弟弟似乎眞的會這樣做，逃離家、逃離自己。

「過幾天有兩桶食材會送到早餐店，妳乾乾淨淨地處理掉，我會去問問道上經營旅舍的朋友。」司機難得認眞地勸，「認眞工作吧，金四角不會再找麻煩了，別擔心。」

「你這樣說就錯了。」

「錯在哪？」

「應該是金四角要擔心，我會找他們的麻煩。」必安掛掉電話。

在下過雨充滿泥濘的山地，大傻在她的身後五公尺處，臉上是幾乎無法掩飾的擔憂。

□

坐在計程車內，必安的頭靠在車窗，失焦的雙眼望著一盞又一盞的路燈滑過。

大傻坐在一旁，一次又一次偷瞄著必安的臉蛋，今天光是進山找到別墅、出山找到計程車就耗盡了體力，更可怕的是，她根本沒有要回早餐店休息的意思。

從高架橋的角度看出去，整個城市只剩下昏暗的微光，可是必安卻一副要出發的樣子。

確認計程車司機掛著耳機在聽音樂，大傻找到一個機會悄悄地問：「我們……現在要去哪裡？」

「當然是找回弟弟。」

「可是他……不見了，我們找不到。」

「弟弟不是在金四角那邊就是在老闆那邊。」

大傻靈機一動，試圖捕捉這個絕妙的機會，「老闆是誰？老闆的老闆嗎？」

「沒有錯，你可以叫他謝律師。」必安對這位舅舅一臉厭惡。

大傻的心情有點激動，這段時間因爲配合扮演的傻瓜角色，很多話不能問，否則極容易穿幫，現在能自然而然碰觸到這名繼德叔之後掌握著黑白兩道人脈的魔頭，當然得再推一把，於是他憨憨地說：「對，我們去找謝律師。」

「問題是這個人不好找，神祕兮兮的，雖然說是親戚，平常也都是透過那個死光頭聯絡。」

「老闆的老闆跟老闆是親戚。」

「你是不是很愛說繞口令。」

「那一定還有其他的親戚……」大傻的試探已經到了明目張膽的地步。

「你……」必安的神色劇變。

大傻的心臟一緊，在一家早餐店臥底，理論上沒有任何性命的風險，但他依然不願自己的身分遭到揭穿，而這一種獨特的不願意，並不是來自於任務失敗的恐懼。

不知道爲什麼，明明不像在危險的黑幫臥底，被識破後唯一的下場就是沉入淡水河……到底自己坐立難安的原因是什麼？

他沒辦法迎向必安的視線。

「你怎麼知道有其他親戚？」

大傻咬緊牙根，懊惱自己操之過急，僅能顧左右而言他地說：「我、我亂猜的。」

「還眞的被你猜對，我有個表姊，小的時候我們兄弟姊妹三人常常玩在一塊，之後上國中就比較少見面了，但透過網路我們斷斷續續有在聯絡，舅舅管得非常嚴，她似乎沒有其他的朋友，許多祕密與心事只能告訴我。」必安是眞心喜歡這位表姊。

大傻大喜過望，幾乎失去了臥底該有的沉著，而且最不可思議的是，居然分不出是因爲自己沒被識破，還是因爲得到了關鍵線索而開心。

這一位必安口中的表姊，大傻一清二楚，她名喚謝雨琦，外號叫作小雨，是謝律師的親生女兒，正是自己學弟的目標對象，潘朵拉的上鎖盒蓋。

找到她，可以知道失蹤學弟的下落，可以逮到隱於背後的謝律師。

必安沒想得太多，趕緊敲著手機螢幕，嘗試聯絡到小雨……然而不管是透過哪種管道得到的全是未讀未回，仔細回想小雨曾經說的，私底下偷玩cosplay的事被舅舅發現之後，估計能上網的電子產品全被禁光光了。

「眞糟糕……」必安喃喃道。

大傻轉了一個圈子提醒道：「我們快、快到家了。」

「是嗎，那我有事跟你說。」

「什麼？」大傻暗暗期待。

必安壓低聲量道：「就是呀，放在家裡的錢都沒了，銀行積蓄的一半給打手跟殺手，另一半領成現金藏在安全屋的天花板，結果被那群混蛋搶走。」

「嗯嗯。」

「簡單來說，我這張卡已經完全空了。」必安將卡交給大傻，「等等我先下車，然後你再多坐一段。」

「……」

「放心，沒事的，上天有好生之德，你畢竟是傻瓜，忘記帶車資是常有的事，這位司機大哥一定會體諒。」

「……」大傻表面無語，內心大罵竟有如此厚顏無恥的女人。

「我教你，等等要嘛在警局下車，找王巡佐幫忙付款，不然就是在公園下車，選擇一個比較好藏匿的地點，司機大哥一定追不上你。」必安很熱心地提供意見。

「……」顯然大傻沒感受到。

「司機大哥，我在這家早餐店下車喔。」必安手指著窗外，恢復正常的說話方式，「我朋友還得再坐一段。」

拔掉耳機的司機大哥，平穩地停好車後，敬業地向必安道謝、道別。

計程車重新上路，大傻雙手抱頭眞的很想咆哮幾聲，等等想狠狠捏爛那個可惡女人的臉。

這荒誕的一幕，恰好被同樣在車上的財神跟城隍看到。

「唉，現在的男人眞是沒用。」阿爺親眼瞧見到這一幕，不勝唏噓。

「你是多有用，敢批評人家？」迎春倒是替大傻說話。

小小的計程車當中，布滿紅色與金色的光芒，大傻絕對不會想到此時身邊，坐著一名城隍、一名財神，以超然物外的角度注視著這一切。

「你決定好了嗎？我們到底該怎麼做？」

「這一大團複雜的因果，就像是一大團巨型的毛線，然後被五隻貓同時玩過。」

「這比喻，還眞是可怕。」

「更可怕的是，這團毛線是紅色的。」阿爺收起平時的笑容，不得不嚴肅以對。

迎春無奈地說：「是樂芙的紅線……」

「沒錯，雖然她只繫上了兩條紅線，卻無一不是在關鍵之處，我眞的沒想到平時嬉皮笑臉的樂芙，對塵世的干涉可以如此巧妙與隱蔽，我……甚至都看不清楚，她到底想做什麼？」

「那我們該怎麼辦？」

「有一種因果是絕對無法矯正的。」

「死。」迎春道出答案。

「對，所以我一開始打算平衡三方，讓謝律師、金四角、必安不再有牽連，以免再出現死人。然而，必穩失蹤，對必安而言，一定會打破砂鍋追到底，要隔開他們，根本不可能。」阿爺捲著自己的領帶，鬆開，再捲起。

「那該怎麼辦？」

「推敲到這個階段，其實問題就很簡單了，如果一定要有一方認輸妥協，妳選哪一邊？」

「我懂了……」迎春點點頭，幽幽地說：「是他吧。」

「對，謝律師。」

「……我們間接製造出的怪物。」

阿爺沒接話，只是憶起歐陽、芬芬、德叔、惠姨、林音……一切就像是昨天才發生的事。

「說是這樣說，但我們該怎麼出手？」迎春擔憂的點在這，干涉塵世向來是極奧妙的工作。

「蠻幹啊。」

「你說……什麼？」

「不管三七二十一了，我就打算蠻幹到底。」阿爺無辜地聳聳肩，「無論這些壞蛋會有什麼下場，看是要坐牢、受傷、火拚、戰爭，我都不在意。」

「……」迎春似乎懂了什麼。

同一時間，計程車來到公園了，大傻握著那張有信用卡功能的金融卡，眞沒想到自己受國家栽培多年，家世清白、品學兼優，擔任人民的保母，兩線二的職階，如今落得欺負老實的司機大哥、騙取人家勞務所得的處境。

但是爲了保護臥底的身分、爲了對抗社會最陰暗的存在……大傻一面在心底道歉、一面遞出沒意義的金融卡，打算奪門而出，遁入深夜的公園。

「可以了，謝謝。」司機大哥交還卡與發票。

「……不、不客氣。」大傻接過，懵懵懂懂地下了車。

揉了揉自己的眼睛，懷疑剛剛顯示三百多萬的餘額是不是看錯了。

另一頭，依舊坐在計程車後座的阿爺，雙腿分立、雙臂交叉抱胸，啣著過長領帶的嘴巴，勾起一道燦爛的笑容，比起周身暴漲的金光，絲毫不見失色。

「只是如果要戰爭的話……那，兵馬未動，糧草先行。」

□

兩天，安穩早餐店便用著不可思議的速度重建完成，光鮮亮麗地重新開張。不過很奇怪，事隔多年將設備翻新，應該大張旗鼓地宣傳，甚至擺出三牲四果祭神，請來歌舞團助陣，盡量炒熱氣氛才對……

可是，沒有，臉臭的老闆坐在客人席上若有所思，站在煎台前的是遠近馳名的傻子，菜單上九成九的餐點統統沒有，唯一能點的就是蛋餅，而且還限定原味，想當然耳，根本沒有人願意進來。

這正是必安希望的。

弟弟不在的日子，根本沒有營業的必要。

她需要一段清靜的時間弄懂一些問題。

首先舅舅的表現很反常，表面上雖是親戚，實則與自己是無情的雇傭關係，按件計酬，其餘不管，這是長久以來的合作模式……卻沒想到這回早餐店重建經費之外，舅舅還著急地預付一大筆錢進來。

「他……到底是想殺多少人……」

就連常見到屍體的必安都惴惴不安。

「不對，到底是什麼樣的生意，需要殺這麼多人……」

大傻悄悄地關掉爐火，希望能聽得更清楚，現在的必安在思考，任何不小心吐出的話都有可能是線索，尤其是關於小雨以及光頭司機。

說曹操、曹操就到，一輛加工食品公司的小貨車就停在早餐店的人行道前，沒有掩飾，光明正大地開了車廂的門，蘊藏著軍人特有氣息的司機開始卸貨，連招呼都沒打，不多說任何廢話。

大傻察覺到事態有變，空氣之中有著不安的氣息在游動，這種見不得光的違法事件，之前皆是在深夜與凌晨之間進行，何曾在人來人往的時段。

必安當然明白這有多反常，走到自己的店門前，瞪視著司機的一舉一動。

司機搬下兩大桶，迎上質疑的目光，先開口問：「妳這位員工……」

「一個白痴是能知道什麼？」必安面對司機的質疑，不屑道：「況且一家早餐店連員工都沒有的話，不是很可疑嗎？」

「勸妳多小心而已……兩桶食材，過來搬進去吧。」

「這時候送貨，好意思叫我小心？」

「我說過，近期有重大的買賣。」司機已經用小拖車拉著一桶，熟門熟路地往店內走，在裡頭說話，較能掩人耳目。

必安跟進去，也懶得交代大傻了，反正沒客人的早餐店，就連拉下鐵捲門都算是在浪費電。

「要我加班可以，但最少要讓我知道這是怎樣的生意、未來會面臨什麼層級的風險吧？」

「是牽涉到軍火武器的交易，因爲消息部分走漏被情治單位盯上，所以需要讓幾根釘子、幾塊絆腳石消失。」司機很難得耐著性子解釋。

先不論情治單位這種獨特的關鍵字，光是司機的表情就讓必安感覺非同小可，她沒放過這個機會，淡淡地說：「是喔，搞得跟諜報片一樣，到底是什麼武器？」

「老闆不會讓我知道。」

「那我弟弟在哪，你總該打聽到了吧？」

「非常時期，道上風聲鶴唳，要找到一個普通人，反而難度很高。」

「呵呵，我還是去報警吧。」

「在這種階段，敢惹麻煩，即便是妳跟無辜的傻瓜，老闆也會殺。」司機說出事實，不帶任何恐嚇意味。

「……如果你們不幫忙，那我在工作之餘，可以出去找吧？」必安有條底線不會退讓，「難不成我弟就這樣平空消失也無所謂？」

司機摸摸自己的光頭，低頭道：「老闆常說，讓人死很容易，不過是一把刀；讓人消失很困難，需要各種器具，以及絕對的細心。原本我不太認同，但如今我確實無法否認。」

「然後呢？」

「只要妳認眞工作，其餘時間做什麼都可以。」

「眞的？」

「對，因爲我也沒辦法分心去二十四小時盯著妳。」

「明白就好。」

必安知道再問下去也不可能再挖出什麼，畢竟主人本來就不會讓狗得知太多隱密，不過光從司機的低姿態判斷，這兩桶食材的存在或許無法對老闆造成威脅，卻很有可能足以毀掉整個交易。

試想，情治單位收到線報，得知了可能有一筆事關重大的非法交易，派出專員下去黑暗的世界打探，假設運回來的是屍體，恰好證明懷疑的對象其中有鬼，師出有名可全力追緝……反之，找不到人也找不到屍體呢？連尋個人都得擔心會不會反而揭露專員的特殊身分，害了忠心耿耿爲國奉獻的志士，更麻煩的是，還不能百分之百保證專員不是帶著髒錢，突然想金盆洗手，逃到國外過著退休生活。

消失，是介於生與死之間的不穩定狀態，必安透過種種跡象很明顯地感受到，老闆特別喜歡利用這個灰色地帶。

把第二桶也拖了進來，司機沒有再多說什麼，將身分回歸爲一般的送貨員，平凡地走出早餐店，上了外觀乾淨的貨車，風塵僕僕地駛離，彷彿後頭還真的有很多客戶需要送。

大傻確認司機已經走了，雙手扔下鍋鏟，置煎台於不顧，連忙進去找到必安，打探道：「怎、怎麼了嗎？」

「我問了弟弟的事。」

「穩穩在哪裡？」

「八成是在老闆那裡。」

必安並沒有解釋爲什麼，不過正如司機所說，在這種關鍵時刻，老闆會失去原本有的信任，對所有參與此事的人，他都要能百分之百掌握，而弟弟正是最好的武器。

「……老闆的老闆也是壞蛋嗎？」大傻繼續試探。

「叫他謝律師吧，反正一開始大家都這麼叫他。」必安取了紙杯，爲自己倒一杯可樂。

「謝律師是抓走穩穩的壞蛋。」

「嗯……」

「叫警察來抓！」

「人家是擁有執照、身家清白的律師，警察怎麼抓？」必安也很希望這個世界就如同他說的這麼簡單。

「一定有證據、一定有資料，電視上都是這麼演的。」

「喔喔，原來你還有看電視。」

「電視在活動中心有。」

必安端著可樂，準備先下樓，進入地下室，對於大傻所說的，並沒有放在心上。

大傻準備扛起密封的桶子，依然喋喋不休地分享警匪片的劇情，「警察都好厲害，一定會找到證據把壞蛋抓起來，明明這些資料都被壞蛋藏起來了，可是警察總是找得到。」

「……」

「有證據之後，法官就會敲敲槌子說，把這個壞蛋拖出去砍了。」

「……」

「證據最厲害，壞蛋最怕證據。」

必安突然停下腳步，杯中的可樂溢出幾滴。

睜大眼睛的她就這樣停在樓梯中間，腦袋裡迴響的全是大傻說的話。

「黑資料。」

□

「我印象中是在這附近啊。」

必安很苦惱，在大太陽底下走了那麼久，連火氣都有點上來了。

大傻在一旁也是心急如焚，因爲他明白關鍵的線索已經近在咫尺。

這麼長時間的裝瘋賣傻，放棄全部的親朋好友，過著三餐不繼的生活，就是爲了找到謝律師，一個隱藏在黑暗的魔頭。

所以這條長線要釣的是大魚，其中的必安、司機，乃至於金四角統統是旁枝末節，他要的就只有謝律師。

今天一大早，必安剛吃完早餐，就說要一起去一個地方，剛開始還神神祕祕的，不願意講，後來在某家百貨公司附近繞了兩圈，遲遲沒有結果，才碎碎唸地說出這一趟的目的。

小雨有一個倉庫。

在很久以前，她們私底下聊天的時候提到過，因爲家裡管得很嚴，角色扮演相關的道具與服裝都只能在外面藏起來，不僅僅於此，應該說只要是不想被謝律師發現的東西，全部都會藏在裡面。

大傻當然不奢望倉庫裡面會有扳倒謝律師的黑資料，但是，一排地址、一串電話號碼，順藤摸瓜都有可能找到更深處的地方。

然而，目前最大的難題是，必安並不記得確切的地點。

他們坐在人行道上設置的一張長椅，這裡恰好有樹蔭遮蔽，能讓必安浮躁的心情降一點溫度。大傻當然也不是在一旁發呆而已，充分利用了當時在街頭流浪的技術，找到一疊報紙，稍微沾濕之後，拚命地替她搧風。

畢竟是太久之前的事，必安皺著眉，手指飛快地上滑，想找到當時的訊息，大傻的風越搧，身體越是靠近，雙眼死盯著小小的手機螢幕，就怕會錯過任何關鍵的文字。

可惜必安還是沒找到，仰天長嘆了一聲。

爲了找回弟弟，任何的可能性都不該放棄，她依舊重新低下頭繼續搜索，這一次不是找過去的私訊，改去尋小雨許久沒更新的個人頁面。

這位表姊其實跟時下的少女沒兩樣，有可愛的自拍照、有網美景點的打卡、有限制瀏覽權限的討拍文……

「欸，你怎麼越來越靠近啊？」必安滑動的手指，恰好停在一張小雨臥於泳池邊的相片。

大傻反射性地後移上半身，一臉茫然，職業級的表現。

「你是不是很感興趣？」必安面無表情。

「什、什麼興趣？」大傻的掌心在這艷陽天全是冷汗。失誤了，這兩天自己的確是過度關心，一個只在乎吃的傻子怎麼會在意某個根本不認識的女人……破綻就像擋風玻璃上的小裂痕，遲早會承受不住風壓整面破裂。

「會不會太明顯啊，瞧你這副鳥樣。」

「我不是、我不是鳥呀。」

「少在那邊給我裝白痴了。」

「……我、那個……」

「你以爲我不知道嗎?」必安的語氣有著怒意。

「……」大傻無論受過多少專業訓練,都無法控制人體遭受到危機時的自然反應,用手抹掉滿臉的汗,發現沒有半點效果,畢竟掌心也是濕的。

「你看這張,當時她在五星級飯店的泳池自拍,性感的比基尼、玲瓏有致的身材,根本是女神對不對?」

「……」大傻承受著一股無邊無際的寒意。

「現在是怎樣?在我身邊看美女看到痴迷喔?信不信我挖出你的眼珠子,製作成果凍再請你吃進去?反正都瞎掉了,我就算說是兩顆葡萄,你也會一邊抱怨這水果怎麼不甜、一邊啵啵兩聲咬下去吧。」

「我、我不敢吃……而且安安才是女神。」大傻的求生意志無比強烈。

「是這樣嗎?我的身材瘦瘦乾乾的,臉不保養又不化妝,你應該看不上的。」

「安安對我很好,最喜歡蛋餅跟安安了。」

「把那個該死的蛋餅給我去掉。」

「最喜歡安安了。」

必安的態度有些緩和,但是如鷹的雙眼依舊是鎖死在大傻身上,一副「請多多注意言行舉止是否找死」的模樣。

既然危機稍稍解除，大傻就沒有再靠近去看那個簡直跟陷阱沒兩樣的手機螢幕。反倒是必安乾脆收起手機，站起身來，拍拍緊身牛仔褲上的灰塵，看樣子是準備要出發了。

「要走了？」大傻小心翼翼地詢問。

「應該是那家飯店，小雨在那裡打卡的頻率太高了。」必安舉起手，指向不遠處一棟高聳的大樓。

因爲她憶起一段過去與小雨的閒談，小雨曾說過要去某某飯店拿東西，遭到自己吐槽說，不愧是大小姐，私人物品都寄放在五星級飯店，小雨才窘迫地解釋說是旁邊的私人倉儲。

這段對話是面對面說的，所以必安在彼此的私訊中根本找不到。

這段回憶是正確無誤的，他們走過兩個街區，還沒抵達飯店之前，就已經看見位於某棟大樓地下室的倉儲公司，外觀上並不起眼，連招牌都只是小小一面，沒什麼客人的樣子。

是儲存物品的倉庫，所以在設計上對人很不友善，井字分布的走道就沒幾盞燈，對比外面的烈日，這裡暗得快讓必安與大傻看不清東南西北，另外也沒有空調設備，空氣又濕又悶，鼻子能聞到無法分辨源頭的臭味。

他們找到管理員，自稱是謝雨琦的親妹妹，來替不方便前來的姊姊取東西。

「四一二七。」七老八十的管理員顯然根本就不在乎客人的隱私，拿出資料本確認謝雨琦的名字，就很乾脆地給出儲藏間的編號。

有管理員相助，他們很快就找到小雨租的位置，但擋在前方的是一個電子鎖與一道鐵捲門。

從外面看上去，四一二七號的儲藏間跟其他的都一樣，約莫是兩坪左右的大小，很像一個無窗的封閉小房間，長時間沒人開過似的。

大傻先發現電子鎖需要一串四位數密碼，不免擔憂地提醒道：「鎖住了。」

「放心吧，這是小問題。」必安研究著電子鎖，不久便極有自信地說：「我這位表姊的性格，也是屬於粗枝大葉的類型，密碼設定太複雜，連自己都會忘記，爲了避免這種慘況，八成密碼就是她的生日啦。」

密碼錯誤。

「如果不是生日，那就是一一一一，像我就是用這個，乾淨、俐落又好記，手指頭都不用換鍵。」

密碼錯誤。

大傻真的很想吐槽，粗枝大葉的就只有妳，不要拉其他無辜女生下水，可惜礙於目前的身分，什麼話都不可以說。

「必定是一二三四！」必安再試。

密碼錯誤。

「四三二一！」

密碼錯誤。

「可、可惡，她的心機怎麼變得這麼重。」必安撥了撥頭髮，也覺得自己有點羞恥，硬著頭皮道：「一三二四，這種浪漫的句子，她最喜歡了。」

密碼錯誤。

大傻躲在一邊翻著白眼，懊惱要是進不去儲藏間的話，煮熟的鴨子就這樣飛了，追蹤許久的線索就斷在一組密碼上面……無法接受，無論用什麼理由去開脫，統統無法接受，儲藏間是一定要進的，擺在眼前只有兩條路。

首先是找到一個時機，偷偷回來這裡，用工具直接破門而入。不過自己終究是警察不是賊，先不管監視器或當地派出所追緝的問題，光是年事已高的管理員忽然盡忠職守，提著警棍要來阻擋怎麼辦？總不可能去傷害無辜百姓。

再來是提供地點給自己的接線人，讓王巡佐向上通報，但冗長的程序也就算了，重點是非常有可能打草驚蛇，謝律師在整個警察體系中百分之百有內應，甚至跟高層有著見不得光的交易，才有辦法逍遙法外這麼多年。

這次的臥底活動總共就五個人知曉，自己、兩名直屬上司、一名下屬、一名接線人，如果儲藏間的線索上報，上頭一旦開始動作，派出人去開莫名其妙的倉庫，必定會引起懷疑，要是謝律師得知自己女兒的私人倉庫被發覺，第一個有危險的就是必安。

這絕對不能接受。

大傻的額頭頂在上鎖的鐵捲門，恨不得能夠像條蚯蚓一頭鑽進去。

必安早就放棄了，雙手抱膝，坐在別人家的儲藏間前，一副不知道該怎麼辦的樣子。

「小雨真的是小鼻子、小眼睛，連密碼都用得這麼小心眼。」必安埋怨。

「太可惜了，沒有線索了……」大傻按著電子鎖，希望奇蹟能發生。

「找不到小雨，就找不到舅舅，找不到舅舅，就找不到弟弟。」

「統統找不到了……」

「我們可能得回過頭，從司機那方面下手。」必安咬著指甲。

大傻繼續哀怨地碎碎唸道：「真希望我知道密碼，如果我知道密碼就……」

咖，一聲，鎖開了。

完了，這是他產生的第一個念頭。

怎麼可能？這是他產生的第二個念頭。

密碼是學弟的生日。

□

「你……怎麼會知道密碼？」必安無法相信。

大傻後退一步，腦袋瞬間噴濺出的五十種藉口都沒辦法圓這個不可思議的情況，好不容易要掀開潘朵拉的魔盒了，身分卻因此被拆穿，扼殺掉後面得知更多線索的可能，怎麼想都不太划算。

「到底是怎麼回事？」

口乾舌燥的大傻貞沒想過受過專業格鬥訓練的自己，會被小自己幾歲的女人逼到無路可退，支支吾吾地說：「我、我這個……」

「說清楚！」

「是亂按的……我、我是亂按的……」他從五十種藉口中使用最爛的一種。

「這可是九千九百九十九分之一的機率。」

「我不懂，我不知道這個……數學好困難，我沒有學過，我沒有上過學。」

「你再按一次給我看。」

「不可以，再鎖上就打不開了。」

「……」

「是眞的，會打不開的。」

「原來如此……」必安忽然驚呼一聲，手按著嘴巴，詫異道：「我懂了，這下子我眞的眞的懂了……」

「不對，絕對不對。」

「一定是。」

「不是，一定不是妳想的那樣。」大傻試圖挽回即將崩潰的態勢，急忙說：「安安相信我，一定要相信我。」

「這就是人家說的天公疼憨人吧！」

「……」

「帶你出來眞是做對了，大傻幹得好。」必安拉開鐵捲門，欣慰地彎腰走進儲藏間。

大傻緩緩地閉上雙眼，完全沒有劫後餘生的僥倖，反而四肢百骸充斥著屈辱，從警大畢業，身爲一名警官處理過很多駭人聽聞的案件，有的做得好、有的做得不好，卻從未如此慌亂失態……這股恥意久久揮散不去。

「快進來，你在拖什麼鬼！」

「我來啦～」大傻依然相當敬業。

一進到儲藏間，雖然他的表情還是維持痴呆的樣貌，但一眼掃過去就能感受到不對勁。

這不像儲藏間，反倒像少女的閨房，兩排高低並列的展示衣架，上頭層層疊疊掛滿不同款式的角色扮演服裝，另一邊的鐵架塞滿各式各樣的道具，其餘塞不進去的一把大刀就這樣斜斜地放在牆角。

幾個密封的紙箱堆得跟人一樣高，最後是一個粉紅色的化妝台，瓶瓶罐罐的化妝品幾乎沒有讓桌面留下空隙。

基本上應有盡有，就只差一張床了，否則根本就是個小房間。

他們兩人朝不同的地方搜索，必安坐在化妝台前，拉開兩個小抽屜，大傻去搬下紙箱，準備拆封開來，看看裡頭究竟藏著什麼。

「喂，你翻得小心一點，如果弄壞了，以後小雨會罵死我。」必安一邊交代、一邊取出小抽屜內的東西檢視。

根本就不必交代，大傻拆得小心翼翼，彷彿前面的紙箱裝著定時炸彈。

其實他的情緒停留在之前輸入密碼時的困惑，爲什麼學弟的生日會成了正確的密碼？按照當時局裡的預想，學弟是以攝影師的身分接近目標，靠角色扮演的興趣進入目標的生活圈，之後學弟失聯、失蹤，所有人都判定是因爲眞實身分被揭發，導致謝律師暗中動手滅口。

既然如此，小雨還用他的生日當密碼？

「不合常理……」大傻打開第一個紙箱。

裡頭是整齊排放的全新寫真集，他拿出一本快速地翻過，一張又一張精心裝扮的美麗照片，不免在凝重的氣氛中莞爾一笑，覺得學弟的任務眞是美好的折磨。

「笑什麼？」必安冷不防地問。

大傻咧開嘴繼續呵呵地笑，用不變應萬變。

「你眞的要改改動不動就傻笑的毛病。」必安什麼都沒發現。

鬆口氣的大傻繼續拆紙箱，第二個、第三個都是準備要銷售的寫眞集，直到第四個才有新的發現……

「是錢，好多、好多喔。」

「錢？」

必安也湊過來了，注視整箱的錢，這些鈔票與硬幣混合的錢，不是從銀行領出平整乾淨的新鈔，大多是髒髒舊舊的，就算每五萬元就綁成一疊，還是給人不協調的凌亂感。

粗略地數一數，大概有三十來萬，必安一個反手就放進口袋內，四疊，二十萬。

「小偷，安安是小偷！」大傻怪叫幾聲。

「不要亂講，這只是姊妹間的普通借貸。」必安不以爲意，「我等等會私訊留言給小雨，不會這樣偷偷吞掉。」

「是嗎……」

「廢話，你那是什麼質疑的語氣？我現在馬上留言不就好了。」必安說到做到，打開通訊APP，留下借走二十萬的紀錄。

「安安，自己就有很多錢。」

「我就不想動舅舅給的錢，因爲我不想再幫他做事。」

「……」

「找到弟弟之後，把早餐店賣掉，我們姊弟倆隨便躲在一個地方都能生活，也許過得比較貧困一點，但是……別跟這種危險人物接觸比較重要。」

「躲起來……」大傻眞的沒想到她會有這樣的打算。

「不用擔心，如果，我是說如果啦，並不是眞的在邀約你，如果……你也想跟我們一起過，我不會扔下你的。」必安轉過身去，繼續尋找化妝台的物品。

「眞、眞的嗎？」

「廢話，我什麼時候說過假的？」

「……」

大傻的心中五味雜陳，其中的歉意更多，但肩膀上扛的責任，不允許他想得太多，在眞正的大義之前，並沒有什麼是不能犧牲的。

他低頭繼續尋找數排衣物中可能藏有的線索，一件一件拿出來掏掏口袋、摸摸夾層，可惜一無所獲，找不到值得注意之處，就算是魔法師的法袍或是忍者的緊身衣，統統沒有隱藏的線索。

另一邊的必安有了關鍵性的發現，猶豫地說：「欸，這是小雨的日記……」

大傻欣喜若狂，整張臉辛苦地維持愚笨的表情。

「日記中一定有記錄什麼人事物，可以幫助我們找到小雨，再透過小雨找到舅舅或是弟弟……」

「嗯嗯嗯。」

「可是，這樣子偷看……」必安難以啓齒。

「要找到穩穩。」

「但人家的祕密日記……」

「穩穩最重要。」大傻眞的急得想一把搶過來翻閱。

「拿她二十萬，我只要還了就沒事，然而日記……我總不能說沒注意到就搪塞過去。」

「穩穩……」

「我知道啦。」必安雙手愼重地拿著日記本，「你過來跟我一起看，這種罪惡我才不要一個人承擔。」

「喔喔喔喔……」大傻求之不得。

兩人擠在一張椅子上，大傻幾乎是用半蹲的方式，大氣不敢多喘一聲，就怕必安的道德標準突然成長，在臨門一腳之際反悔。

必穩對必安而言，還是最重要的，偷翻表姊的日記很不妥當，但她沒有其他的選擇，緩緩地翻開後才得知裡頭的篇幅不多，一共只有七篇，每一篇都很短，可是這幾段簡單的文字卻震動了他們內心深處中最溫柔的一塊。

她愛上了他。

日記描述著她與他相處的點點滴滴。

她是在同人展認識他的，因爲家裡管得非常嚴，任何角色扮演的活動全是瞞著父親進行，自然能與同好深入交流的機會不多，漸漸地，就開始有傳聞說她難搞囂張，是自以爲是的千金小姐，更糟糕的是，角色扮演中最重要的一環就是要有相片紀錄成爲作品，爲了找到父親管束的空檔，常常需要更改與攝影師約定的時間，甚至是直接放人家鴿子，所以不好的傳聞也非空穴來風，這一切讓她無法辯解只能概括承受。

同人展與角色扮演是她充滿壓迫的生命中唯一能找回自己的地方，她沒辦法說放棄就放棄……

第一次見面，他來到她的攤位上，想要買一本寫眞集，希望可以合照，其實這也不過是重複過無數次的商業活動，她一定會打起精神，用最好的笑顏進入粉絲的鏡頭中，可是他還是發現了，禮貌地問「是不是不太開心？」。

她有點慚愧，覺得自己的表現不好，讓訓練多時的職業笑容出現破綻，然而家中的事不足爲外人道，她也只能說沒事，是這幾天太累了。他沒有繼續追問，說了聲請多多保重就離開了。

過幾天，在粉絲團的私訊中，收到他的訊息，並且附上幾張在場外拍的照片，那是她在場外接受圍拍時的畫面。縱使當天的狀況不好，周圍又擠了很多人，他拍攝的作品，依然展現了十足的實力，相片中的她，好像正在發光，沒有憂慮、沒有壓力。

誠懇地道謝之後，兩人在網路上有一搭沒一搭地聊了起來，大多是談最新的動畫劇情，偶爾會說到生活上遇到的挫折。

比方說她找不到能配合時間的攝影師，他便自告奮勇地說最近在等兵單閒得發慌，就算要約凌晨三點也沒關係。

畢竟是第一次見面，自己又沒有朋友能陪伴，於是約在某間國小的操場碰面，沒限制拍攝的主題，僅僅是邊聊邊拍，他們宛若多年不見的朋友，對談中藏著一點拘束與尷尬，但不需要多久就能自在地互動，兩人相約下一次來拍一套近期當紅的角色。

她精心準備服裝與妝容，想表現出專業coser的一面，連續幾天為了揣摩角色的動作熬夜，可惜幾次約好的時段父親都在家，即便他不斷說無妨下次再約就好，她依然內疚地一直道歉。

好在皇天不負苦心人，這一回父親出了遠門，說要去北韓這個神祕的國度，她也沒心思去追問怎麼回事，一心一意地試了妝髮，訂好一個合適的棚，做好所有的準備。

這麼久才見面，但棚的時間有限，他們就不說廢話了，直接進入拍攝的程序。她扮演的角色是一名女高中生，故事的主要內容是女主角與男主角之間甜到蛀牙的情侶互動，不過，她遲遲沒辦法掌握住陷入青春熱戀中的那種神情，進度變得特別緩慢。

「妳要對鏡頭展現出更多的盼望，但又要維持住基本的少女矜持不能太過……妳想想過去跟男友第一次約會的感受。」

「其實……我、我就沒談過戀愛。」

「是嗎？」

「還是你要跟我交往看看？」

日記寫到這一段時，她仍是再三強調自己一定是失心瘋了，一定是悶得太久想開玩笑，一定是太過孤單想找個寄託，一定是爲了對抗父親想徹底叛逆一次……一定、一定、一定，她寫了好多個一定，最後又不得不坦承，一定是自己眞的喜歡上他了。

兩人能見面的機會並不會因爲成爲男女朋友而增加，他們只能珍惜每一次約會，嘗試一般情侶的交往過程，看看電影，吃吃晚餐，拍拍照片，說說廢話，依依不捨地分別，然後滿心期待下一次見面。

即使兩人沒有碰面，他依然成爲她最得力的助手，無論是與印刷廠聯絡，還是同人場的販售，都能見到他投入的身影，爲此，她甚至告訴他自己最寶貝的祕密基地，給予不受限制自由進出儲藏間的權利。

他這個人一向迷迷糊糊的，很可愛，有的時候忘記自己的星座、有的時候忘記自己高中讀什麼學校，爲了怕他忘記怎麼進來，乾脆用他的生日當密碼，這樣子的話……他就會永遠記得有一個地方，記得自己了。

日記到此告一個段落，大傻與必安默默無語，像是還在消化剛剛閱讀的文字。

必安在苦思能不能在字裡行間中找到什麼線索，目前的狀況其實很不幸又很簡單，表姊這段美好的初戀篤定是被舅舅發現了，在道上能呼風喚雨的謝律師，怎麼可能容忍自己的寶貝女兒跟個莫名其妙的男人在一起，必然斷絕小雨對外的所有聯繫，爲了徹底拆散他們兩個，小雨更有可能早早被送到外國去了。

大傻本來也應該跟著尋找線索，可是沒來由地，只感受到淡淡的悲傷，那種悲傷像是酗過酒的酒氣，看不出來，卻能夠嗅到，滿身都是。

學弟相當不稱職，連本該熟稔於心的基本資料都沒有說對，星座？母校？全不記得，離譜的失誤，一定會被懷疑吧……但是，沒有，這位名喚小雨的女人根本就沒有察覺，那她是笨蛋嗎？不是。那她是沒半點社會經驗嗎？不是。

她只是戀愛了。

然而，眞正讓大傻感到遺憾的原因，是學弟告訴對方的生日……

居然是眞的。

這代表他很痛苦，不想再說謊了，試圖在兩人之中留下點什麼眞實的東西，讓這段關係不全然是黑色的謊言。

大傻雙手抱著頭，雖然好不容易查到線索，能夠更靠近失蹤的學弟與神祕的謝律師，心中卻沒有更進一步的欣喜，反而更像是一步踏入了泥沼，越走越深，直到泥水蓋住口鼻溺斃爲止。

「日記提到的攝影棚，我似乎知道在哪。」

必安忽然出聲，把大傻從很深很深的地方拉回來。

大傻淡淡地說：「在哪裡？」

「我記得她有公開過這組作品，透過背景我們就能找到攝影棚了。」

必安像個死忠的鐵粉，努力地一張一張翻找小雨曾發表在粉絲團上的相片……

完全沒料到，剛剛傳給小雨的訊息，全部顯示著「已讀」。

□

宮殿中，極盡奢華。

背後一整面白色的毛玻璃，繪著龍、皇冠、十字架，無一不是在彰顯君權神授的絕對性，白色的光芒造就莊嚴的場面，由上而下映耀著唯一的鎏金王座，光芒頓時反射成爲金黃色，由金屬打造的方正座位，散發著貴氣與威儀，令人不得不跪下朝拜，高呼吾王至高無上、萬壽無疆。

老魏坐在上頭，整個人都很不自在。

但他還是想坐坐看，如愛神過去曾說的，沒體驗過的，就應該試試看，百般不願也是要試試看。

死神如墨的專有光彩，已經稀得宛若窮神的那種灰，生性淡薄的他如同見光便死的寄生蟲，很想抬起屁股離開這個如坐針氈的地方，不過他下定決心了，至少要讀完樂芙給自己的信。

一樣的粉紅色，信紙與信封皆是相同的款式。

信封上依然有一段如同預言的提示。

知道小雨的戀愛故事之後開啓

愛只有眞與假，並沒有等級的差距，是不是？我說的沒錯吧？小雨和治平之間的關係，像是種下了一顆錯誤的種子，最後卻長出了純眞的花，你說這朵花會特別的醜陋嗎？並不會，花就是花，相同的美。

老魏這次不能苟同，輕輕地說：「他們的關係，明明是因爲妳的紅線，註定走向毀滅的路線。」

魏魏，你可能會說，還不是妳這個臭女人的紅線在作怪。沒錯，我承認，這其中有我的神權影響，讓他們從荒蕪貧瘠的沙漠當中，硬生生地長出一朵愛情之花，可是你也必須承認，小雨因爲父親職業特殊的關係，幾乎喪失了一般少女該有的自由，是我讓她懂了愛、擁有了愛，重新活成了少女該有的樣子。

「我不懂這種虛幻又盲目的情感有什麼意義……」

小雨其實跟穩穩是一樣的。還記得吧，我們的賭約，那一對感情深厚的姊弟。穩穩表面上看起來，長得帥氣，學習能力好，膽子大，有正義感，願意仗義執言，在家裡被媽媽跟姊姊捧在掌心，一個人就用掉了整個家大半的資源，在學校被師長寄予厚望。可是在我看來，他身上的束縛，比起小雨只多不少。

老魏沒有說話，長長地嘆了口氣，然後再繼續讀下去。

愛情是盲目的，或者說盲目才是愛情。燦燦和穩穩一樣是我的傑作，你會說他們的身分跟小雨、治平相似，差距得太遠，但你永遠不會想到，對於穩穩與小雨來說，燦燦與治平是宛若監牢的人生中唯一的出口，可以走出去得到喘口氣的空間，你不能理解這種抽象的概念，是因爲你是沒有愛的神明。

「我……」老魏驚覺自己被責備了。

大家都會怪我，說我的紅線帶著詛咒，給了許多男男女女不幸的戀愛關係。的確，無論是穩穩還是小雨在我的神權干涉之後，平穩的人生開始了劇烈的變動，往往走向註定悲哀的結局，但魏魏有沒有想過呢？人的一生假如是一齣悲劇電影，難道存在的意義僅僅是爲了最後的哭哭啼啼、生離死別嗎？不對吧，最精采的部分一定是走向痛苦的過程，卻又不悔此生的灑脫。

老魏持信的手在輕顫，不解地顫聲道：「爲什麼要跟我說這些……爲什麼不把這些信大聲地對著是非門唸出來？」

就如同人們不懂爲何飛蛾要撲火，你也不懂安穩的日子，有的時候並不是人們要的。

對老魏而言，這封信就到此爲止了，後面是樂芙按規律一定會出現的插科打諢與玩弄調戲……他珍重地將信紙放回信封中，再與其他的信擺在一起。

時間差不多了，此地的負責人帶著四人的攝影團隊過來，看模特兒的裝扮，顯然是要拍攝西方王室相關的主題。即便兩個世界線不互相影響，老魏還是站起了身，把金光閃閃的王座讓出去，雙眼一直跟隨著負責人離開此棚。

跟了過去，等待的正是大傻和必安。

他們在攝影棚還沒開張時，就已經在門口等，等到負責人來之後，解決手上的工作，總算有時間能夠回答他們的問題。

一齊來到樓梯間外的安全門，必安率先開口詢問：「想請問一下小雨這一位coser。」

「我當然知道，不過你們跟她是什麼關係？狂熱粉絲嗎？」負責人一臉警惕，也是老經驗了，「我們沒有辦法提供客人的任何資料哦。」

「是表姊妹的關係。」

「……」

「是眞的。」必安從手機中找出幾張與小雨的合照。

負責人確認過後，摸摸自己的下巴，思索道：「既然妳們是表姊妹，特地找到我這代表一定是出什麼事了吧？」

「就是……找不到了。」

「其實她也有一陣子沒來，我不可能特別去問原因。」

「她有沒有遺落什麼物品？或是提到什麼特別的事？」必安開始著急，畢竟這條線索再斷，要找到弟弟的機會又更低了。

「嗯……我想想……」負責人努力回憶，但效果不彰。

大傻站在一旁，內建的刑偵技巧在蠢蠢欲動，對於必安連續幾個打不到點的問題感到異常痛苦，可自己是個傻子又不方便多說什麼……

再過了幾分鐘，很顯然負責人的耐心快要用盡，必安也快要放棄了，他實在不得不冒著被懷疑的風險，插嘴道：「小雨偷偷交了男朋友，一定、一定是私奔了，電視上都這樣演喔，嘿嘿嘿。」

「對。」必安想起這個關鍵，急問道：「有男生跟她一起來的吧？」

「當然，攝影師一定有。」

「不是攝影師，應該是跟她更親近、更熟識的男人。」

「有喔，有說有笑的感覺的確是跟單純商業互動的攝影師不同。」

「長什麼樣子？」必安再點亮手機螢幕試圖找到相片方便指認，不過馬上想到這段祕密戀情根本不可能公開在社群網站，拿著手機的手便懸在半空中，遲疑，懊惱。

「可能是高高的、也可能是矮矮的？」大傻嘗試從體型的基礎輪廓來確認是不是學弟，還得兼顧傻瓜的口吻。

負責人不解地說：「不是啊，妳剛剛給我看的相片就有他。」

「你說什麼？」

「有嗎？」

必安和大傻一樣錯愕。

負責人接過手機，手指迅速地滑動，找到一張合照，上面是幾年前必安、小雨、必穩一起在餐廳吃飯的紀念。

「弟弟和她，原來私下有聯絡……」

□

他們離開攝影棚，腳步的急促是來時的兩倍。

必安的臉色鐵青，不發一語地往外走，大傻猜不透她的情緒反應是怎麼回事，連現在該去哪也沒有頭緒。

按照常理來說，必安與必穩是雙胞胎姊弟，小雨是必安的表姊，也必然是必穩的表姊，私底下有聯絡、互相協助再正常不過了。

腳步不停，很快地，必安就找到目的地，走過一個街區直接進了一家網咖。

可能是天氣熱的關係，網咖的生意不錯，他們租到最後一台電腦。

既然是最後一台，那當然是必安坐在舒適的個人沙發，而大傻站在後面像個遭受雇主欺負的保鏢。

網咖的電腦是專爲遊戲設計的，效能強、網速快，鍵盤跟滑鼠會發出七彩的光線，整個桌布上全是各種遊戲的捷徑，但必安根本不在乎，很快地找到某款熱門的通訊軟體，輸入了必穩的帳號，卻在輸入密碼的地方猶豫。

不動的浮標在閃動，與必安跳動的心跳一樣快。

「如果弟弟跟小雨有聯繫，基本上會用這個軟體。」她對大傻說，沒有回過頭。

大傻傻笑道：「一樣是沒有密碼。」

「弟弟的密碼統統是同一個，我知道。」

「那爲什麼？」

「他不說，就是不想讓我知道。」

「可是……穩穩不見了，要找穩穩回來。」

大傻原本想吐槽說妳這個女人哪有這麼注重隱私，但必安一回過頭，那種蒼白的臉色，一下子就奪走他全部的注意力，內心一點點揶揄的笑意瞬間蕩然無存。

「喂，萬一我是個很爛的姊姊怎麼辦？」

「……」

「首先偷偷登入弟弟帳號的姊姊就已經很爛了，要是他的祕密對話紀錄中，都是在抱怨我有多爛怎麼辦？」

大傻的上半身前傾，雙手從左右繞過必安，支撐在電腦桌上，旁人看起來就像是大傻從後環抱著必安，兩人緊緊地靠在一起，那張沙發彷彿失去了間隔的效果，沒辦法造成任何阻攔。

「安安教我用……這樣子，爛的就是我。」

「你……」

「教教我。」

「眞是自作聰明……」必安的耳根發燙，一邊抱怨、一邊將大傻的雙手擺在鍵盤上，一步一步地教他輸入六位數的密碼。

成功登錄之後，果然很輕易就找到必穩與小雨的對話紀錄。

他們之間的對話不算頻繁，大多是日常生活中的噓寒問暖，或者是在同人展前忙碌的準備期，商請表弟過來幫幫忙，基本上看不出有什麼特殊之處。

「這些時段，弟弟應該在補習班吧……」必安的腦袋中有一本關於弟弟的行程表，每個月分、每個時段該在哪裡統統清清楚楚。

依然扮演文盲的大傻只能假裝什麼都不懂，可是心中給予這對姊弟無比的同情，明明都是二十歲的成年人了，爲什麼會被培養成這種扭曲的關係，姊姊能無條件地自我犧牲，弟弟得像個木偶被全盤地掌控……這對姊弟的感情眞的很重，重到隨時都足以將一般人活活壓死。

必安滾動滑鼠的滾輪，歷史對話紀錄不斷地顯示更舊的訊息……漸漸地，她的手緩了下來，眼神也慢慢地出現變化，如預期的，他們有談到自己。

一開始，其實是小雨在抱怨她父親，說自己很懷念小時候住在一般社區的日子，雖然父親需要加班，常常忙到三更半夜才回家，但至少還像是一位父親，現在住在戒備森嚴的獨棟豪宅，卻每一、兩個月要搬一次家，就算有的房間擁有絕美的景致、就算有些地段在最熱鬧的商圈旁邊，也沒有任何意義，廣闊的空間只有強調自己有多孤獨的功能，對於外出的限制是一天比一天更嚴。

所謂的家也不過是衣食無缺的牢。

小雨不瞭解爲什麼一名律師出門至少要帶兩名保鏢，去問父親，得到的答案也是很敷衍的「律師常常得罪人」這種破綻百出的話，她的社會經歷是比較少沒錯，但絕對不是一個笨蛋，大概能猜得到父親正做著見不得光的工作。

彼此短則三、四天，長則一、兩週才能見一次面，她早就放棄問出眞相的可能性，甚至覺得不見面也好，比較容易偷溜出去。

必穩聽的時間比較多，畢竟是舅舅也不好意思批評什麼，直到小雨自己替父親解釋，可能是好多年以前姊姊意外逝世，才導致父親過度保護的問題，必穩爲這位印象不深的大表姊感到惋惜，同時說出自己母親病逝之後，必安也出現了過度保護的狀況，完全不管兩人的年紀大小僅僅差距不到一小時。

需要傾訴的，不只是小雨，必穩將自己的遭遇以一種直白的方式說了出來：讀書讀書讀書讀書讀書讀書讀書讀書讀書讀書讀書讀書讀書讀書讀書讀書讀書讀書讀書……他複製了整整一大串，卻強烈地說出了自己的無奈。

小雨原本還想安慰幾句，說一些「沒辦法，你就是太聰明」、「誰不想要望弟成龍」、「表妹也是爲了你好」之類的話，但她已經明顯能夠透過螢幕感受到必穩的怒氣，這時候的安慰跟激怒其實沒兩樣。

如果是母親，那沒辦法，我認命了，可是她是我親姊姊，難道就不能更尊重我一些嗎？說到底，她眞的知道我想要的是什麼嗎？知道我從小到大的夢想是什麼嗎？

當必安親眼看見這一條訊息之後，整顆心完全揪成一團，因爲她的確不知道。

我的夢想是成爲一名警察。

就算有些時候太超過了，但表妹是眞的對你很好。

小雨實在是不得不爲自己表妹說幾句話，畢竟從小一起長大，他們姊弟的互動都看在眼裡，這種情感是純粹而且不容質疑的。

卻沒有想到，會得到必穩這樣的回應……

我最怨她的，就是她眞的對我很好。

必穩輸入的這十四個字，就像十四把鋒利的刃，直直地插入必安的胸口。

她關掉對話框，雙手握拳無助地落在大腿上，緊緊地抿著泛白的唇，久久沒辦法發出聲音。

大傻在旁邊，連一句勸慰的話都不能說，因爲他是傻子看不懂字，五官也不能透露出半分不捨，被迫維持著很慘澹的憨笑。

這一切的煎熬不會白費，至少知道謝律師的住所是複數的，其中「戒備森嚴的獨棟豪宅」、「有著廣闊的景致」、「離熱鬧商圈很近」，光是這幾點就是很重大的進展了，還有機會，可以逮到謝律師，可以替必安找回必穩。

這樣的話，她就不會這麼難過了吧……

大傻心想。

□

白色的天，白色的地，組合成白色的一方天地。

燦燦一直覺得自己身在純白色的天堂，直到發現某一塊白色缺了一角，才開始對天堂有了懷疑，按道理來說，天堂應該是牛奶與蜜之地，輕飄飄的，沒有苦痛，只有快樂，俗世的生老病死都不存在，更何況是悲傷、畏懼、怨懟。

她好冷，全身上下都好痛，腦袋像是大爆炸之後坍縮的恆星，全部的思考能力被壓縮成一個小點，光是要判斷出目前身在何處、旁邊的男人是誰，就需要費盡所有的心力。

這裡是一間鎖死的浴室，必穩心疼地抱著燦燦，多希望透過這樣的動作就能將體力傳遞過去。

比起燦燦臉色死白，日漸削瘦的戒斷狀態，必穩好手好腳的，當然有對浴室做過徹底的調查，此處不大，一坪半左右，四面鋪滿白色的瓷磚，白色的馬桶、盥洗台、浴缸、蓮蓬頭，沒有浴鏡，基本上跟一般家庭的衛浴設備相同，頂多是馬桶上面多了一扇透氣窗，可供一個人勉強穿過。

問題來了，估計八層樓高的高度，跳下去就是死路一條。

利用透氣窗，目前觀察起來，這一棟樓大概是還沒有開始銷售的預售屋，但奇怪的是，由上往下看不見任何房仲人員行經，也聽不見施工的噪音。

這一大片社區，像是被整個世界遺棄，慢慢地敗破、折舊。

必穩還是覺得不可能完全沒人，但是又因爲位置的問題，沒有辦法二十四小時踮腳站在馬桶上面，注視下方的一舉一動。

他開始想方設法，希望能吸引到外人的注意力，看能不能遇到善心人士幫忙打電話報警。

一開始是用衛生紙，咬破指尖流血，在上面寫著簡單的「SOS 8F」，不過可能是看起來太像是垃圾，扔出窗外之後，兩天都沒有得到回應，他只好脫掉自己的上衣，這次的面積比較大，書寫了更詳細的資訊，連姊姊的手機號碼都有。

結果依然音訊全無，上衣也不知道被風吹到哪裡去了，自己的褲子跟燦燦的衣服也沒有辦法再脫，這個方法顯然是行不通。

關在浴室的好處，就是基本的生理需求皆能滿足，有水、有馬桶，無論是要清潔身體、排除穢物，都能夠保持環境的清潔，要喝水的話也有自來水，至於食物，金四角的人一天會來送餐一次，直接給足三餐的分量，大部分是麵包跟餅乾。

餓不死，但吃不飽；關不死，但活得不好。大概就是他們最佳的寫照。

比較嚴重的問題是，燦燦的狀況一天不如一天，以一種正常的常識來說，人體其實有辦法自行克服戒斷症狀，最後漸漸擺脫毒品的依賴，重新恢復正常……

可是她只是變得更加虛弱，必穩猜想是胃口不好的關係，絞盡腦汁做到先將麵包內的餡料挖出，沾一點礦泉水泡軟，一小塊一小塊餵她吃下去，幾乎是無微不至的照顧。

浴缸被當成了病床，必穩用自己的褲子當抹布，裡裡外外擦得乾乾淨淨，等到風乾之後，保持乾燥，才讓燦燦躺進去休息，平時要洗澡的話，是自己蒙著眼睛，將燦燦抱到馬桶上坐著，溫柔體貼地慢慢清潔。

必穩用盡所有心思在維持燦燦的療養環境，不過，浴室畢竟是浴室，能做的終究有限。

「欸……你就一點都不恨我嗎？」燦燦躺在浴缸上，虛弱地看著坐在洗手台上的男人。

「爲什麼要恨妳？」必穩反問。

「是我通知了鬼哥，我們才落得這樣的下場。」

「當時妳被毒品控制了。」

「現在……給我手機，我一樣會打。」燦燦逞強地挺起身，「只要能解決痛苦，我什麼事都做得出來，更可惡、更卑劣的事都幹過了，我本來就是自私的女人，你別有過多不切實際的想法。」

「是嗎。」必穩只是接話，不是眞的想問。

「你知道我第五任男友的故事嗎？」

「不知道，妳沒說過，我不會知道。」

「他跟你一樣，都是跟我在夜店認識的，跟你不同的是，人家是眞正的富二代，出手闊綽、朋友眾多，出入都是開保時捷。我們在舞池對上眼，彼此都有意思，喝幾口酒，聊個幾句……我們就去汽車旅館續攤了。老實講，他長得又醜又肥，還有嚴重的口臭跟早洩。」

「嗯。」

「完事後躺在床上，他問我要不要當他的女人……呵呵，女人這種詞根本是曖昧不清、自以爲霸氣的渣男最愛用的辭彙，女人可以是女友、炮友、妻子啊……我又不傻當然要確認清楚，之後他禁不住我再三追問，才確定是女朋友。」

「嗯，然後？」

「然後我其實是他……第三，還是第四順位的女朋友，這沒關係，我一點都不在意，他是渣男，我也不是什麼良家婦女，只要他願意花錢在我身上就好，送我的名牌包、項鍊戒指、最新的手機統統被我拿去賣了換藥。」

「眞可惜這些好東西。」必穩淡淡地說。

「呵呵，一點都不可惜，我最高的目標是他也染上毒癮，這樣子……我豈不是有用不完的貨？一開始他還有點抗拒，但是……這種好東西誰不愛呢？一旦攻破他對我的顧忌，再有錢的人還不是任人宰割的魚肉……光是解鎖他的手機，信用卡就被我刷掉上百萬，喔，還有他的保時捷也被我開去黑市賣了。」燦燦得意洋洋，臉蛋有著久違的血色。

「就算他是吸茫了一時不察，但醒了之後難道不去報警嗎？」

「報警？」

「是的，報警。」

燦燦咯咯地笑了起來，激動道：「我的背後是鬼哥，他根本嚇傻了好不好，還報什麼警。」

「原來如此。」必穩的語氣還是那樣平穩。

「再來，我們就分手啦，他後面到底被鬼哥敲詐了多少錢……我懶得追問，反正我就是這樣子的女人，他要我的身體，我要他的家產，一來一往究竟是誰吃虧？用腦袋想一想就知道吧，呵呵。」

「所以妳選擇傷害的，都是這些爛人。」

「我還選擇傷害了你。」

「喔，不用擔心這個，我不在乎。」

「你、你憑什麼不在乎啊？」燦燦不知道爲什麼，總覺得很不高興。

「可能是……我還滿羨慕妳的，無拘無束，想做什麼就做什麼。」必穩一改常態，不打算再說教，「或許正如妳所說，有的人在黑暗、污濁的深淵底過得很好，根本就不想被救，然而站在懸崖邊的人，縱使眼前是一片光明，也不代表比較快樂，也不代表未來不會掉下去。」

「……」

「我想對妳好，不需要理由，妳想對我不好，同樣不需要理由，想做什麼就做吧，我如果忍不住自然會離開，但如果我忍得住，那就是我的本事，跟妳沒有關係。」必穩說得很乾脆，像一加一這麼簡單。

燦燦氣得躺回浴缸，翻過身，滿臉通紅地大罵：「白痴，我就沒見過這種白痴！」

「對，眞他馬的是白痴。」附和聲來自浴室門外。

必穩與燦燦臉色微變，沒想到今日金四角來了兩次。

改裝過的浴室門開了，走進來的是一身俗氣西裝的秦先生，油頭一樣散發著油裡油氣，臉上的生意人笑容一樣皮笑肉不笑，一開口就是毫無誠意的道歉，手上提著兩份壽司，在猶豫自己是該站還是該找個地安坐。

「沒事、沒事，我來看看你們住得好不好而已。」秦先生把壽司擺在馬桶蓋上，

「在附近跟朋友吃飯，順道帶兩份過來。」

必穩只是冷冷地盯著他。

「別，我早聽說過你將鬼哥揍得很慘。」秦先生拉開西裝外套，裡頭裝著一把槍，「論打，我是打不過你們年輕人，只好不要臉地帶槍自保了。」

「……」

「放心，你們不亂來，我也沒興趣殺人。」

「到底還要關我們多久？」

「我是受人所託，也不清楚時間……抱歉啦。」

必穩聽到關鍵，不動聲色地說：「受誰所託？」

「哈哈，先不說這個。」

「那我跟你沒什麼好說。」

「對了、對了。」秦先生一臉意外地說：「後來我才知道你姊來頭不小，居然是在替謝律師辦事。」

「姓謝的律師……」必穩當然知道母家姓謝，而且還真的出了一位律師，再聯想到姊姊，自然而然地脫口而出道：「舅舅？」

「……什麼？你們跟那個人人景仰的謝律師是親戚？」

「為什麼舅舅會……」必穩深深地迷惘了，隨即想到姊姊的安危，「我姊呢？」

「過得好好的啊，早餐店都重開了……拜託，現在道上誰不知道她是謝律師的人。」秦先生表面悲傷道：「就連鬼哥這種狠角色，都因為惹到了你姊，直接被謝律師找人幹掉了，馬的，連我遇到都要退避三舍好不好。」

「為什麼？」必穩真的懷疑自己的耳朵是不是聽錯了，舅舅雖然表現得很冷漠，但一直以來都是個律師，現在怎麼變得宛若黑幫大佬。

「不過……」秦先生細思道：「原來是親戚……這樣一來許多不合理的點，都有了合理解釋。」

必穩也在思考，慢慢地憶起小雨曾經對父親的描述，秦先生說的，突然變得很可信，也正是因為如此，目前的困境忽然有了曙光。

「好吧，那我也不打擾你們了，壽司記得快點食用，下次我再來探望你們。」秦先生準備離去。

「讓我們走吧，鬼哥都死了，養著我們不累嗎？」

「不行、不行，你們還得再待一陣子。」

「如你所說，假設我舅舅有這種影響力……你敢把我關在這種爛地方？」必穩直白地說：「好歹要有充沛的食物跟藥物吧。」

「……」秦先生一愣。

「放我們走，我什麼都不會說的。」

「哈哈哈哈哈哈。」

秦先生誇張地捧腹大笑，洪亮的笑聲幾乎響遍整層樓，在無人居住的社區顯得更突兀。

必穩與燦燦完全搞不懂爲什麼會有這樣的反應，一時的錯愕甚至連鬼哥的死訊都拋諸腦後。

「你到底在笑什麼？」

「啊抱歉，是、是我太過失態。」

「你到底……在笑什麼？」必穩的怒意漸漸上升，即便這段時間憤世嫉俗的怒火有減少的趨勢，但充滿羞辱的笑聲還是點起了火苗。

「我只是覺得你挺天眞的。」秦先生的笑意根本沒有收斂。

「喔？爲什麼？」

「你剛剛是打算恐嚇我吧，很明顯是想搬出謝律師這個親舅舅來壓我。」

「沒效嗎？」

「老實講，我這種小角色是萬萬不敢得罪謝律師的，憑他黑白通吃的人脈，要殺個小角色還不是一通電話的事。」秦先生繼續笑道：「我笑的原因是，你真是一朵備受呵護的花朵，從小在溫室長大的那種。」

「……」必穩的怒意更盛，由最厭惡的話語導致。

「你什麼都不懂，外表是個大人，實際上就是個孩子，真以爲跟在家裡一樣，只要威脅個幾句，爸爸媽媽哥哥姊姊就會對你妥協。」秦先生搖搖頭，語氣充滿不屑，「你跟鬼哥的恩怨我一清二楚，一開始我也覺得是這個婊子導致後來不可收拾的衝突，不過……我現在終於明白，這個婊子只是受害者，真正的始作俑者從頭到尾都是你。」

「我？」

「是啊，你一直以來都有恃無恐，想幹什麼就幹什麼不是嗎？過程中你有這麼多的機會，可以好好地認輸、認錯，讓大事化小、小事化無，可是你連低個頭都不願意，就連最最最最……簡單的低頭都不願意，讓這麼多人跟著你陪葬。」

「你懂個屁。」

「其實只要仔細想想就知道，你跟鬼哥的破事，跟是非對錯無關，也跟金錢利益無關，單純是你將自己的孩子氣擺在比家人、朋友更高的位置……鬼哥帶著一群小弟，在江湖混，面子對他而言是攸關權力與生命的事，不得不力拚到底，你呢？只是為了一個爽字。」

「……」必穩瞪大雙眼，瞳仁浮出血絲。

「另外，別再跟我扯那些『看不下去女人被欺負』之類的鬼話，你所謂的正義，是建立在有人會幫忙擦屁股的基礎上，所以你的正義就跟衛生紙一樣廉價，現在居然連謝律師你都想拖進來幫你收拾善後，哈哈哈，從另外一個角度來想，我也真的很羨慕你，有姊姊、有舅舅，讓你沒有後顧之憂，可以盡情地在女人面前耍屌。」

「夠了！」

「你姊為了擺平你惹出來的麻煩，是用盡了所有的花招，在風險的夾縫中硬是開出一條生路，原本鬼哥一死，她便能脫離險境，等到風頭過去就沒事，哈、哈哈……結果你為了這個吸毒吸到腦袋不正常的婊子就背叛自己親姊，洩露她的保命躲藏點，操，我在道上泡這麼多年，也沒見過比你更無恥的貨色。」

「不要再提到我的家人！」必穩怒吼。

「還有一件事，是你的思維最幼稚的地方……」

「夠了。」

「就是以爲自己可以跟姊姊相提並論。」

必穩咬著牙，厲聲道：「我說了，不要再提到我的家人……」

「你姊姊之所以有價值，是謝律師認爲她有價值，跟血緣一點關係都沒有，而你的價值就是無止境的闖禍而已。」秦先生的手放在門把上，不願意再多聊了，慢慢地轉過身去，「別以爲謝律師眞的會爲你做什麼，好嗎？」

燦燦看向必穩的眼神變得跟先前不同了……

自從有記憶以來，必穩肯定沒被人如此羞辱過，母親的碎唸、師長的責備、姊姊的批評，全部加起來都沒有秦先生這短短幾句的殺傷力，渾身顫抖，青筋暴起，那是被刺進痛處的劇痛，那是痛處硬生生被割開來灑上鹽酸的椎心刺痛。

刻意拆掉浴鏡是怕碎掉的鏡片成爲武器，但秦先生就沒想過剝落的白色瓷磚也有類似的效果。

沒有猶豫，因爲他本來就計畫這樣做，滿腔的怒火只會讓他失去理智、不知輕重，讓手下得更快、更疾、更凶、更猛。

必穩壓低身子竄出，這個動作已經模擬訓練過百次、千次，目標只有人體最脆弱的脖子，以及脖子內的氣管。

手起，手落。

秦先生掏出早已上膛的槍。

砰。

第4章
謝姓律師

一大清早，必安的目標很明確。

通過弟弟與表姊的對話，總算有了寶貴的線索，首先是離熱鬧商圈很近的低調豪宅，這乍看之下其實相當衝突，甚至令人懷疑小雨是不是隨便講講，但轉個念去考慮，所謂的大隱隱於市，根據舅舅成爲謝律師後道上人人忌憚的城府而言，逆向操作反而很合理。

大傻整夜失眠，心中總覺得有個很不講道理的東西讓自己耿耿於懷，在決定裝瘋賣傻擔任臥底之前，明明早就心理建設過無數次，任何可能遭遇的難關皆一一盤點過。

即便探查學弟生死以及揪出謝律師的強大動機絲毫沒有減弱，可是他卻用掉一個晚上來擔憂一個古怪的問題——要是必安知道眞相該怎麼辦？

讓他悶悶不樂的女人，踢了踢睡在地板的他，朗聲道：「走，出門，找弟弟。」

縱使根本沒睡，大傻還是伸伸懶腰，耍賴道：「我好累……不管哪裡都找不到穩穩……不想找了……」

「今天去後站商圈的附近找找看。」

「安安去就……可以了……」

「要怎樣你才能乖乖起床……」

「我的小腿走得好痠……如果安安可以幫我按啊啊啊啊啊啊啊啊！」

必安一腳踩在大傻的小腿，邊左右扭動、邊欣喜地說：「剛好今天是穿稍微有點跟的鞋，按摩的效果一定特別棒吧。」

「啊啊啊啊啊啊啊啊啊啊！」

「這一定是舒服的呻吟對不對？」

「我起來了，我眞的要起床了！」大傻悲聲求饒，百分之一百的眞情眞意。

「是嗎？痠痛的腿痊癒啦？」

「已經健健康康了，要走多遠都沒問題的！」

「嗯，很好。」

必安足下留情，雙手抱著胸，一聲令下「出發」，在三分鐘後便眞的出發，也不管早餐店是第七天掛上公休的牌子。

實際上，即便有小雨給的線索，搜索範圍還是大得嚇人，他們用土法煉鋼的地毯式搜索就跟大海撈針無異，不幸的是，謝律師眞的太過神祕，要找到表姊的居住地或是弟弟的囚禁地根本沒其他方式。

在必安的設想中，謝律師終究是親舅舅，會限制弟弟自由的原因應該是怕他在這種關鍵時刻闖禍，順便威脅自己要繼續乖乖地工作，僅僅如此而已。

現在弟弟多半是跟著表姊一起被軟禁在某一棟豪宅內，過著叫天天不應、叫地地不靈的日子。

先不管重考班的事，看過弟弟跟小雨的對話，她其實有著滿滿的愧疚之情，漸漸明白了一個道理，弟弟有弟弟自己的生活要過，不應該被自己拖累，白白浪費青春。

必安並沒有特別說什麼，拉著大傻就出門繼續尋找弟弟的下落。

天空中的太陽依然很大，他們依然沒有放棄，隨著時間推進到傍晚，燥熱的氣溫降低，霓虹燈取代掉日光，必安與大傻坐在某間餐廳中吃著晚餐，繼續在地圖上畫下一個又一個叉叉的符號，代表一次又一次的落空，一回又一回的失望。

「即使人生的最開始是一起走的，但終究會漸行漸遠走上截然不同的結局。」注視著這對姊弟的阿爺下了一個註解。

一旁的迎春憂愁地說：「最大的問題，就是他們各自走向的結局……究竟會是什麼樣子。」

「仔細探查過……情況不太妙。」阿爺低吟道：「謝律師眞是一代奇才，是已然崛起的霸主，身邊跟著六位財神加持，一副洪福齊天的財格。還記得上次嚇到小菜的財神吧？」

「紅龍，第二號麻煩財神。」迎春不會忘記。

「不要老是強調第二……」阿爺覺得自己抱怨還不如學會接受，繼續說：「連他也跟謝律師結緣了，除非眞的出現足以逆轉整個因果的巨大干涉，否則要扳倒他們眞的有一定難度，當今的塵世金錢等於權力、權力等於實質的影響，便能夠黑白不分、倒因爲果。」

「謝律師不過是年輕一點的德叔，德叔能倒他也能。」

「謝律師是全面進化版的德叔，他的野心是無邊無際的，眼光絕不僅僅在台灣這座島……所以說，我們的劍只能走更偏的偏鋒，如同賭桌上專押超高賠率的瘋子。」

「什麼意思？」迎春橫了他一眼。

「我們得……更不講道理。」阿爺撫摸著剛剛停下的黑色廂型車，「搬出最可怕的祕密武器。」

一團金屬的黑色，來勢洶洶。

黑色箱型車的車門一開，數名金四角的殺手下車，每個都戴著滑雪面罩，手持著亮晃晃的開山刀，非常有紀律地魚貫進入餐廳，沒有發出任何不必要的聲音，麻木的眼神標示著殺人如麻的印記，還帶有一點點瘋狂。

只要是稍稍有常識的人，看到這群人進來，大概也知道將會有不好的事情發生，不過知道歸知道，沒有被嚇傻而是實質做出反應的僅有必安。

她拉起大傻的手，二話不說就往廚房的方向走，根據過往打工的經歷，這種一群人進來，不叫囂、不亂罵，殺氣騰騰的最恐怖，因爲他們不是來示威，也不是來尋仇，單純就是來殺人的，所以說求饒、講道理都沒用，反正他們寧可錯殺一百，絕不可能放過一人。

「估計在金四角，這也是菁英部隊了吧……」必安的快速反應，爲他們爭取多一點時間。

就算廚房裡的廚子對突如其來的陌生人感到錯愕，依舊好心地告訴他們後門在哪裡。

來到後巷，她繼續拉著大傻狂奔，腦袋轉得飛快，清楚地推敲出目前的狀況，金四角擺出這種陣仗，擺明就是上面傳了死令，事情鬧大在所不惜，這代表即便躲進便利商店求援亦無意義，對方根本不管會不會波及到無辜民眾。

確認完這點，便有一個很大的疑點產生——自己這段時間到底是做了什麼，才會引來金四角的殺機？總不可能是爲鬼哥報仇……應該說要報仇早就該報了，沒道理拖到現在，所以說一定是近期發生什麼變故。

現在唯一能保命的方式，便是躲進有武裝保全的場所，最佳的選擇當然是警局，次選是銀行、捷運站、急診室，然而必安對這一帶人生地不熟，又不敢停下腳步查看地圖。

大傻不是眞的傻瓜，很清楚緊追不捨的殺手是什麼來歷，更清楚再這樣下去必然於三分鐘內被追上。

前方是一段長長的階梯，上去就是一座公園，或多或少有藏匿的空間，大傻開口道：「我、我們分開跑……壞蛋追不上的。」

「說什麼蠢話！」必安大罵。

「安安可以、可以去上面公園玩躲貓貓……我左轉繼續跑……跟壞蛋比賽。」

大傻掙脫開必安的手，站在往上或往左的交界處，快暗掉的路燈讓他裝出來的蠢樣變得特別暗沉，所有眞實的情緒像是全埋進臉上的陰影之中。

必安大口大口地喘氣，著急到恨不得用眼神刺穿這傻瓜一百次，但大傻偏偏選在這種時刻犯蠢不聽話。

「跟、跟我上去！」

「走一起……就是一起被壞蛋抓走。」

「跟我走！」

「一起被抓……就沒有人可以來救我們了。」

「你不要給我在這種時候，突、突然變得很聰明……」

「一起被抓，就沒有人可以救穩穩了。」

大傻的童言童語，卻直接命中核心，他後退了一步，讓自己躲進路燈照射不到的陰影，隱藏略顯僵硬的表情。

「不要、不要跟我說這麼多廢話，一起到公園去躲，這些殺手沒有時間到處細找。」

「安安，晚點見。」大傻根本就不聽話，拔腿就往左邊方向跑。

「大傻給我他馬的回來啊！」必安扯開喉嚨大喊，可是雙腿卻沒有追上去，因爲她內心深處知道，大傻說的沒有錯，一起被抓的話，就沒有人可以救弟弟了，分開之後至少多了一倍的機會。

時間迫在眉梢，繼續放聲叫嚷，只是給殺手一個明確的方向，理智不斷不斷不斷地逼迫她爬上樓梯……

最終雙腳還是順從理智，用盡所有的力氣往上進入公園，畢竟站在原地等死是最蠢的死法。

可是另一邊的大傻正在慢慢地走回來，實際上，如果他不吸引所有殺手的注意，必安是完全沒有逃出生天的可能性。

殺手們趕到，一眼就發現了大傻，立刻分成兩路包抄追了上去，大傻裝作十分驚恐的模樣，扭過頭就逃跑，此舉徹底激發了狩獵者的本能，吸引殺手們鍥而不捨地追趕，忽略掉那條往上通往公園的階梯。

原本還抱著一點期望，看能不能直接靠腳程甩掉威脅，可惜殺手們前後包抄的老練手段，大傻被逼進了無人的公用停車場，彷彿被貓逼進死角的老鼠，已經無處可逃。他本應該忠於角色設定，演出傻瓜畏畏縮縮的模樣……

然而，大傻僅僅是泰然地喃喃自語道：「她……走了吧。」

「還有一個女人呢?」殺手扳著手指，啪啪作響。

「我不知道。」

「馬的，智障找死。」

他一腳踹向大傻的肚子，大傻吃痛倒地，腸胃像被扭了一百八十度，張大嘴不斷地乾嘔。

旁邊的人想補上幾腳，但是很快就被制止，不願意浪費時間，立刻被指派去附近繼續搜索遺漏的必安，停車場至此便只剩三個人了，其中兩名加害者、一名被害者，沒有人可以伸出援手，甚至沒有人路過能幫忙打通電話給警察。

倒在地上的大傻就是個墜落的沙包，雙手抱頭、身體拱成球的自保姿態，同時也是加害者最能大展拳腳的美妙時機，成為大傻以來就常常被揍，可是，這次和過去完全不一樣，他的嘴不斷呢喃著「她走了吧」，這四個字。

無論怎麼踹、無論如何逼問，大傻始終沒說出必安走的方向，搞得連見多識廣的殺手都覺得自己在浪費生命……傻子的腦袋就是空的，再捶、再敲也不可能問出什麼。

「操，我怎麼會碰上這種怪胎。」

殺手吐了一口口水在大傻身上，招了招同夥準備離去，畢竟上面下了嚴令，不計任何代價要取必安的命，與其在這邊浪費時間，不如趕緊殺了正主，早早回家休息。

他們一起往外走，到了自動繳費機前。

止步，互相看了一眼。

交換一個「不如就順便吧」的眼神。

很有默契地回頭，再走回停車場的角落。

大傻依然縮成一團，像身受重傷的野貓，只差沒有辦法舔舐自己的傷口。

其中一名殺手從後腰的褲頭取出手槍。

解開保險，拉滑套，子彈上膛。

槍口離大傻好近好近……

近到可以感受金屬的獨特冷意。

大傻慢慢地抬起頭。

殺手扣下扳機，近距離的。

砰！

□

在必安面前，是四名殺手。

通往公園的樓梯中段，站著五個人，呈上下左右各一包圍中央一人之勢。

殺手們的臉藏在黑色的面罩下，像在深夜中隨機奪人性命的惡鬼，別說是女生了，就算是個大男人獨自面對此等劣勢也必然雙腿發軟，必安一樣很怕，可是沒有表現出來，她清楚現在痛哭流涕、跪地求饒都沒意義。

今夜的月光，在雲的遮蔽之下黯淡。

公園有一群阿姨在飯後歡唱，不算好聽的歌聲清晰地傳進他們的耳。

必安宛若在閒聊似地開口問：「爲什麼殺我？」

「收錢辦事而已。」

「殺我這種弱女子需要用到你們嗎？」

「不管什麼目標價格都一樣，當然是越好殺的越好，像嬰兒這種隨便都能悶死的最棒。」

「不過能出得起錢聘請你們……一定不是凡人吧。」

「別問這麼多了。」

「被殺的是我，不能瞭解一下嗎？」

「誰要殺妳，與妳無關。」殺手笑了笑。

必安完全能想像出在面罩下的惡質笑容，點頭道：「說的也是。」

「算是獎勵妳的勇氣，現在給妳兩個選項吧，第一個是，我現在殺妳，妳會很痛、會掙扎，搞得滿地都是血，很沒公德心；第二個是，妳不吵不鬧不試圖衝上公園求救，乖乖地跟我們上車，到山上去，坐在挖好的坑中，我用槍打妳腦幹，瞬間死，不痛。」

「……」

「不選也是可以的。」殺手抽出短刀。

「我……跟你們走。」必安下了一格階梯。

「多謝配合，休旅車在下面，車內有零食可吃，不怕當餓死鬼。」

「好。」

就像是在便利商店購物，沒有太多的討價還價，必安與殺手們可以說是相敬如賓，上了休旅車的後座，拿著一包芒果乾，抱持著不吃白不吃的心態，下定決心要把它吃完。

大家都沒有說話，沒有因爲目標配合就鬆懈，車內的音樂開得很大，蓋住了必安的咀嚼聲，休旅車緩緩發動出發，縱使周圍偶爾有個路人走過，也不會覺得是事關重大的擄人案件。

必安覺得有人叫了自己的名字，但是她知道沒有。

在平靜的外表之下，心臟其實跳得比音樂的鼓點還快。

她心知面臨危機之際，腦袋很容易產生虛幻的想像，彷彿這個世界上還有人會來幫忙，彷彿還有人能夠拯救自己……

沒有的，她很肯定。

一直以來，無論是在家、在學校、在工作場所，能救自己的唯有自己，雖然嘴巴咬著芒果乾，但腦袋沒有放棄仍在高速地盤算，要怎麼平安脫身，用蠻力顯然是不可能的，唯有透過智取用離間計……可是這群殺手身經百戰，取命收錢的行爲已經是一種生產線模式。

就等於豬隻不管做什麼都不可能騙得過屠夫，屠夫即使覺得內心有點動搖，雙手也會先殺了再說。

不過就算是再嗜殺的屠夫終究是收錢辦事。

如今，還有一種方式。

「你們要錢嗎？」必安問。

「要。」

「是呀，這是工作，一定是爲了錢……你們不會爲了娛樂殺我。」

「當然，殺人又不好玩，只是如果我們爲妳的錢，就是置自己的商譽不顧，長久看來其實損失得更多。」殺手完全沒有動搖。

「……」必安一時語塞。

同一台休旅車、同一個移動的空間，不同的世界線，阿爺跟迎春坐在最後，身上發出的光芒顏色不同，但臉色相同難看。

「車已經開進山區，你快點想想辦法！」迎春揪住阿爺的西裝外套，前後搖動。

「這……因果眞的太過複雜……我就沒算到謝律師的反應這麼極端。」阿爺的雙眉緊鎖。

「給他們錢，快啊！」

「我不可能平空噴出一堆新台幣在路中間吧。」

「你這個沒用的廢物財神！」

「我可以揹著所有風險，往她的銀行帳戶塞錢，問題是現在來得及嗎？」

「當然是來不及，你在說什麼廢話！」

「難不成……我們又得跨進塵世，直接用肉身進行干涉？」阿爺很猶豫，非常猶豫。

「這……」身爲城隍，迎春當然知道這是神明最愚蠢、最危險的行爲，曾經因此被救活的女人，到現在還在用盡心力追尋神明的存在，搞得神明又得花更多的心力去暗中阻撓，避免一個人類察覺太多眞相。

當財神跟城隍爲此苦惱的時刻，必安並沒有放棄。

「我家是開早餐店的，當然明白商譽的重要性，可是，假設，萬一有人要給我一大筆錢，這筆錢的數量大到足以讓我關掉早餐店，一輩子揮霍不盡，那商譽好像也變得沒那麼重要了，不是嗎？」

這句話就像是在平靜的池塘中扔下了一塊小石頭，產生了一圈又一圈的漣漪。所有的殺手都聽見了，休旅車內的氣氛開始有了微妙的變化。

「是喔？」

「是啊。」

「一個開早餐店的這麼有錢？」

「不然你想，爲什麼有人要大費周章殺我？」

「……似乎有點道理。」殺手點點頭。

迎春聽到這句話，雙手握拳，振奮地說：「這個孩子眞的是太棒了，沒有錯，用拖延戰術，帶他們到銀行去拿錢。」

阿爺也著實鬆一口氣。

「不過，妳九成九是在唬爛吧？」殺手挪動屁股，在座位下撿到一個塑膠袋，「不然這樣子好了，妳把這個塑膠袋套在左手綁得緊緊的，緊到血液無法流通的程度，然後我們一起到銀行去，如果妳眞的有這麼大一筆錢夠我們分，我們再討論看看後續要怎麼處理。」

「嗯。」必安應了一聲，完全沒有逃過一劫的感覺。

「如果沒有這筆錢，那我就需要把妳的左手砍下來，鮮血跟殘肢都會在塑膠袋裡面，不會弄髒環境，唯一糟糕的地方就是妳得一路忍著劇痛到山區，直到我動手扣下扳機爲止，如何？妳眞的要爲了拖延這點時間，多受這麼多的苦楚嗎？」殺手眞的殺過很多人，透過刀見過人生百態。

必安慢慢地閉上雙眼……

「不要怕，跟他賭，妳有財神爺幫忙！」迎春大吼，身子緊繃而顫動。

只要能拖到銀行，便有十足把握的阿爺跟著道：「對，跟他賭。」

「不要放棄，要相信奇蹟……這個世界並不會遺棄妳，眞的不會啊。」

「多拖一秒是一秒，相信沒有人會這麼笨吧？這條山路再上去就是未開發區域了……」

面對必安的猶豫，迎春與阿爺第一次感到無力，要天助之前得先自助，強大的神權改變不了一個微小的念想，車上正在播放著梁靜茹的名曲〈勇氣〉，簡單的旋律伴隨著悠揚的女聲，所有人都在等待著一個答案。

必安有的時候常常會思索一個問題，自己喜歡開早餐店嗎？自己喜歡處理屍體嗎？當然不喜歡，努力工作單純是爲了賺錢。

得到一個答案馬上又產生一個問題，賺這麼多錢要幹嘛？需要還債，給弟弟富裕的生活。

得到一個答案馬上又產生一個問題，雖然媽媽說姊姊這輩子最重要的責任就是要照顧弟弟，但是弟弟，顯然已經不需要自己照顧了，該怎麼辦？

沒怎麼辦，這輩子變得空空蕩蕩而已。

能造成威脅的都在車上了吧，那大傻應該能順利逃脫了。

必安抬起頭，睜開眼睛，隨即是一種疲憊的釋懷……

「算了，就這樣吧。」

車上的所有殺手紛紛笑了，大概是早猜到會有這樣的結果。

阿爺的表情徹底凍結。

迎春整個人傻住，雙眼逐漸放空失去焦距，前方彎曲的道路，像是不規則抖動的線條，「……我要跨進塵世。」

「妳現在進去就是一起被殺死而已，別忘記失去光芒的神明，就是個普通人。」

阿爺挑明說了，神明進入塵世等同於放棄神權。

「難道……」迎春當然清楚，不過迫在眉梢的危機，沒有太多的時間猶豫，「你要眼睜睜地看著這個可憐的少女，被埋進荒郊野外？」

「不想。」

「你既然沒辦法，那只有用我的辦法啊。」

「……是誰說沒辦法的？」

「你。」

「我是沒辦法，可是不代表其他神明……沒有辦法。」

「哪有什麼其他的神明？」

「有……」

阿爺說到一半，雙眼直直地注視擋風玻璃。

迎春隨著阿爺的視線一齊望向前方的道路。

是一片灰濛濛的霧，是一團濃稠的霾，揉了揉眼睛，她才確定這是光，窮神的貧末蒼光……

小菜坐著輪椅，就停在路的中央，身上的T恤有著囂狂的「喪鐘」二字，鋪天蓋地的灰色光芒，是窮神神權催動到極致的象徵，此時的她一點都不像自卑、自憐的可悲神明，而是迷霧之源、衰敗之王。

休旅車依舊高速朝小菜駛去，深陷於不幸的灰色而不自知。

引擎發出不妙的異音，駕駛很快就察覺到不對勁，道：「幹，車子好像有問題。」

「我他馬就跟你說車要定時保養。」坐在副駕駛座的殺手也察覺到了。

「上禮拜才進廠保養過，操，到底怎麼回事？」

整輛車劇烈搖晃，像是整組都要散架了，引擎蓋的縫隙冒出白煙，車內音響早早便只剩下刺耳的雜音，雨刷不受控制地左右擺動。

「先、先停到路邊，幹你娘這什麼破車。」

「停不了。」

「快停！」

「煞車壞了幹……」

無數的咒罵與驚呼。

駕駛將方向盤左打，整輛失控的休旅車擦到山壁，發出嘎嘎嘎的聲響，因為重力與速度的關係，重心開始嚴重偏移，左邊的前後兩個輪胎騰空，車內的所有人稍稍浮空起來，各自反射性地抓著安全手把，卻不可避免地眼睜睜看著車體翻覆，猛力撞擊，人仰馬翻。

距離翻車地點只有五公尺的距離，小茱的輪椅連動都沒動，彷彿眼前的慘狀都跟這個嬌小瘦弱的女子無關。

圍繞在身旁的灰色光芒快速消散，她摳了摳自己的臉頰，有些靦腆、有些不好意思，也有些擔心車內的必安會不會跟著受傷了。

扭曲的車門從內部被踹開，必安的頭髮亂七八糟，一身衣服沾了不少血液的紅點與油污的黑點，顯得格外狼狽，一些不嚴重的擦傷、割傷難免，對比起殺手們紛紛重傷失去意識，這絕對是佛光照頂，神明保佑了。

爬出車外，精神還是相當恍惚，必安總覺得在剛剛翻車之際，有一雙手從後方伸過來保護了自己……不，不可能，應該就只是幸運。

漸漸恢復神智，耳朵聽見的是殺手發出的陣陣劇痛呻吟，狠狠地提醒了她，別再沉浸於不切實際的猜想與懷疑，要趕快逃跑，要用最快的速度逃離這裡。

□

停車場。

兩名殺手。

一名傻瓜。

一把槍。

原本是想放過這個傻瓜的，畢竟收到的指令，目標是女的，不是男的……不過殺手這種職業就是以命換錢，以現在的狀況看來女的不知所蹤，這次行動很可能失敗收場，如果不意思意思殺個人交代，雇主很有可能懷疑是不是收錢不辦事。

而且晚間的停車場沒什麼人，傻瓜所在的角落又沒監視器，總覺得不殺人對不起這樣的天時地利人和，於是他們回過頭，來到大傻面前，慢慢地舉起槍，對準那張滿是傷的痴呆面孔。

「不、不要……對不起……對不起……」大傻知道危險就在眼前，不斷地道歉。

「沒事的，別擔心，一下子就過去了。」殺手耐著性子，沉聲道：「把眼睛閉上，不要看著我。」

「不要這樣子……我眞的什麼都不知道。」大傻雙手合十，在可怕的殺器面前，苦苦哀求。

「就是因爲不知道，所以你才該死啊，其實我也是爲了你好啦，希望你下輩子能投胎到一個好人家，別再當白痴了。」

「你跟他廢話這麼多幹什麼？槍趕快開一開，工作還沒辦完。」

「說的也是。」

聽見了同夥的提醒，殺手也不想浪費時間了，食指扣住扳機往下壓，擊錘被釋放，帶動撞針去撞擊子彈的底火，產生了一個小型的爆炸，點燃彈殼內的火藥，火藥燃燒產生高壓，彈頭承接巨大壓力向前噴出……

砰！

大傻拍掉了殺手的手，子彈擦過耳朵，貫穿後面那一台轎車的車門。

在短短的零點五秒之內。

準備殺人的殺手整個呆住，縱使他身經百戰，也從來沒有遇見過，在這麼近距離開槍居然失手的……而且對方還是一個傻……不對，絕對不對，對方在演戲！

殺手搞清楚這個事實之後，再度抬起被拍掉的手，試圖再一次對準大傻。

冷不防，大傻將食指伸進去卡住手槍的扳機，殺手無論怎麼用力，都沒有辦法開火，爭取到這一點點的時間，他就已經扭開了殺手的手腕，以迅雷不及掩耳之勢奪下手槍。

另一名殺手不是笨蛋，接受過長時間的專業訓練，很快理解目前的狀況，手伸進後腰，拔槍，開保險，拉滑套，這一系列的動作流暢又迅速，立刻處於攻擊狀態，但是……

大傻架住同夥的脖子，拿來當成自己的人肉盾牌。

在江湖上混，誰都知道有這一天，殺人或者是被殺，早就要有心理準備，原本是應該狠下心開槍的，就算是賭子彈能夠打穿人肉盾牌再打穿大傻，也總比猶豫不決來的好。

但畢竟是一起出勤過多次的同夥，他還是慢了短短的一秒鐘才開槍。

砰！

砰！

大傻手上的槍，命中殺手的脖子。

殺手手上的槍，打進了另一名殺手的胸膛。

大傻推開倒在身上的屍體，瞥了一眼雙手按住脖子卻無法止住動脈噴血的可憐人。

「希望你們下輩子能投胎到一個好人家，別再當壞蛋了。」

「你是、你是……誰？到底是誰……」明顯感受到生命正在一點一點流失的殺手，瞳孔中全是畏懼。

「早餐店打工的傻子。」

這樣的傷，叫救護車是來不及了，大傻很慶幸自己是傻子，否則一次殺死兩人，就算是正當防衛，警局的報告依然要寫得沒完沒了，更何況死掉的殺手數量太少，代表必安那邊還是有潛在的危險，哪有時間再去打什麼電話。

他快步走出停車場，左右判斷方位之後，果斷地朝公園的方向前進。

這條路碰上其餘殺手的機率最高，但自己碰上總比必安碰上好，大傻的眼睛很好，專業地觀望四周，掌握每一輛路過的車以及每一名靠近的人，幾乎是一座可以移動的人形雷達。

很意外，他遠遠地注意到了通往公園的那一道階梯，上百格的階，有人正慢慢走下來。

好像是必安。

不，直覺告訴他一定是必安。

「……妳下來做什麼？」大傻傻了，百思不得其解。

必安的移動速度還特別慢，像是在尋找某個人又不敢張揚、十分擔心的樣子。

「爲什麼……妳是白痴嗎？爲什麼都逃掉了，又跑回來？」

大傻知道再這樣下去不是辦法，邁開腳步狂奔而去找必安……然而他最擔心的狀況成眞，必安一下子就被數名殺手圍堵，同一時間也明白了她的單純想法。

很顯然她清楚殺手的目標只有自己，一個被抓就能解救另一個人。

「白痴，眞是無比的白痴，妳比大傻還蠢！」

大傻整張臉扭曲猙獰，使出所有力氣衝刺，以求最短時間內趕到必安身邊，結果雙腳一個踉蹌，重重地摔了一跤，手肘與膝蓋破皮出血，但他一個俐落的翻滾，馬上又能向前奔馳。

「平時不是嫌我笨嗎？我這種人需要妳犧牲一條命來救嗎！口是心非的笨蛋是妳！」

離得很近了，但是不夠近，必安已經要跟殺手坐上黑色休旅車。

「妳有必要對我做到這種程度嗎？我是個騙子，一直以來我都在騙妳！」

明明只剩下一百公尺左右，黑色休旅車卻已經啓動，大傻憋著最後一口氣，將雙腳逼到極限，再度提高速度。

可惜，人終究跑不過車子，即便是願意豁出去付出一切的人，依舊跑不過車子。

「停車，給我停車！必安，回來，必安啊！」

他的咆哮，沒有意義，休旅車越開越遠，不會回頭。

一口氣提不上來了，大傻直接跪倒在路中央，大口大口地喘氣，汗珠一粒一粒地落在柏油路上，彷彿在提醒他的懊悔徒勞無功。

看過了很多檔案，在擔任臥底之前，對台灣各大幫派皆有深入研究，金四角專門出瘋子殺手的事情人盡皆知，但是這批人，很顯然沒有吸毒吸壞腦子的那種狂暴，反而冷靜得讓人不寒而慄，必安落在他們的手中，會有什麼下場，大傻連想都不敢想。

只要稍稍回憶起過去曾經看過的被害人照片，整個腦袋就像是要沸騰了，而更可怕的是這些四分五裂的形象漸漸與必安疊合，本來以爲自己警察當久了會對死亡麻木，此刻卻渾身顫抖得如同受到驚嚇的小男孩。

大傻站起來，嘴唇無一絲血色，無助地朝四周張望，似乎是想向路人求救，但是路人瞧他的慘樣，服裝破破爛爛，身上不是血跡便是腳印，瘋瘋癲癲的，無一不退避三舍。

他的思維一片混亂，拖著沉重的腳步，看見了一家租書店，慢慢地走了進去。

成爲臥底的計畫？找到失蹤的學弟？挖出萬惡的謝律師？對抗警察體系中被收買的內奸？逮捕躲在背後操盤的黑手？這段時間的忍耐與犧牲？大傻統統忘記了，他唯一的念想是讓必安平平安安地回來。

他跟店員借了電話，撥出一組特殊的號碼。

「密碼四九七一二五七六，特別行動組組長『萬翔』，警員編號五五七四三，在綠角公園旁的租書店，需要緊急支援。」

「是的，聲紋辨識成功，萬翔的身分核實無誤，電話發訊地點已經確認，請問萬組長需要怎樣的支援？」

「全部。」

「明白。」

通話結束，大傻依舊靜靜地站在原地，像一件本來就擺在這裡的裝飾品。

店員整理完客人歸還的漫畫，扔掉客人桌上的飲料罐，重新回到櫃檯時，手上端著一杯飲料，同情地對大傻說：「這給你喝，去找個位子坐呀，等到親友來接你，我會負責招呼，不用擔心。」

剛說完，一輛警車高速行駛而來，緊急在租書店店門口煞車，刺耳的警笛響個不停。

緊接著又一輛警車趕到，煞車痕在地板上割出兩道長線，紅藍相間的警示燈一閃一閃地照進店內。大傻茫然地回過頭問：「你說了什麼嗎？」

店員察覺目前怪異的狀況，略略畏懼地問：「這是、這是怎麼回事？」

不斷有警車趕到，發出震耳欲聾的聲響。

「抱歉，太吵了，我聽不清楚。」大傻眞的聽不太清楚，歉然道。

一輛又一輛的警車停下，店前的小巷子被擠得水洩不通，一共十一輛警車一齊發出蜂鳴，後頭還有弟兄陸續趕來。

大傻沒接過飲料，微微鞠躬對店員致謝後，逕自拉開門走出店外，警笛幾乎在同一個時間關閉，數十位警察一起下車，突然之間現場靜得可怕，巨大的音量落差更引人注目。

「巨路派出所，警察曾成祥、戴春前來支援。」

「燕歸派出所，警察楊子樂、吳彥萱、林信志前來支援。」

「金石派出所，警察葉山今、陳劭廷前來支援。」

「金石派出所，警察李方嵐、劉語澔、潘以庭前來支援。」

「德如派出所，警察吳浩瑋、魏智淑前來支援……」

還有警察正在報自己的名字，認識隊友是合作的基礎第一步，但大傻不得不出聲打斷，因爲事態相當緊急，沒有多餘的時間可以浪費。

「黑色休旅車，車牌號碼GFT742，目前歹徒擄著被害人往中海路前進。」

大傻坐上一輛警車，所有的警察也各自上車，震耳欲聾的警笛聲再次啓動，整齊有序地往中海路方向行駛。

就這樣一輛又一輛警車呼嘯而出，猶如一陣會發出藍紅兩色的龍捲風，來得快去得也快。

黑色休旅車不過先行十幾分鐘，目前急起直追或許還有機會，大傻需要支援的原因也很簡單，有了中海路這個大方向，浩浩蕩蕩的警車隊追蹤，在碰上分岔路時就透過對講機，派出一輛警車前去搜索，下一個分岔路再派出一輛警車，這種土法煉鋼的方式，再搭配上控管中心的道路監視器過濾，才有可能在最短的時間內找回必安。

通過對講機，大傻對所有前來支援的學長姊、學弟妹道歉。

「對不起，讓你們在第一時間放下手邊工作前來幫忙，我是警大七十九期畢業，在刑偵總隊服務當中，執行特殊臥底任務近一年，便認識目前生死不明的被害人，楊必安，女性，二十歲，早餐店老闆娘。」

頻道中靜悄悄的，沒有人出聲打擾。

「她在一個相當扭曲的家庭成長，犧牲自己成就別人已經變成一種習慣，她這輩子都在為別人而活，所以必須逞強，內內外外武裝起來，假設遇到危險，她只能靠自己解決，即便是現在，遭到多名金四角的專業殺手控制，大概也是先入為主地認定沒有人會來救自己吧……」

只要不是眞正的傻瓜，都能夠聽出大傻的語氣藏著更深層的東西。

「如果不能救回一名無助的女孩，那我們還算什麼人民的保母？」

大傻緊握著對講機，彎下腰用著最謙卑的姿勢。

「各位，萬事拜託。」

□

司機開著冷凍貨車，裡頭僅有一件食材。

特戰部隊退下來的職業軍人，他各式各樣光怪陸離的事見多了，但要像這件事這麼怪的，眞的沒有聽說過。

雙手握著方向盤，司機其實並不知道該把貨送去哪，不斷地在馬路上亂轉，浪費油箱中的汽油，宛若能透過這種無意義的行為，來幫助大腦想得更加透徹。

沒過多久，手機低沉地響起，語音系統直接透過藍芽連結至車內的音響，透過特別改裝過的環繞喇叭，能給人一種說話者就坐在副駕駛座的錯覺。

看了一眼來電顯示，是未曾記錄過的號碼，但是司機清楚來電者是誰。

「消息？」對方只是說了兩個字，不客氣的語氣，隱含著不耐煩的情緒。

「金四角那邊說，人已經抓到了，但出現車禍意外，讓楊必安跑掉。」司機卻很恭敬。

「車禍？」

「對，聽說是煞車系統壞了，整輛車失控撞上山壁翻覆，金四角的人全部重傷。」

「必安沒事？」

「似乎是。」

「這算什麼……神蹟嗎？」

「另一邊金四角折了兩名好手，旗老大喊吃虧氣得跳腳。」

「他不重要。」

「老闆，我不明白。」司機低聲問：「為什麼突然要殺她？」

「必安很好用，我沒有要殺她。」謝律師沒有說謊的必要，「就算她試圖要找到小雨，不斷地追根究柢挖下去，我依然忍住，沒有要殺她。」

「……」司機的困惑爬滿整張臉，叫旗老派出金四角最精銳的殺手，這還不算要殺她？

「你就這麼想知道原因？」

「如果可以的話……」

「當時見到必安是在酒店，正女扮男裝當少爺，我與幾位議員談著生意，還是一眼就認出多年未見的甥女，才知道他們姊弟過得並不好，聽說欠了不少錢，早餐店的生意很糟……想到早餐店，其實我當時隱約就有個想法，不過沒辦法眞正相信她。」

「是的。」

司機的困惑絲毫沒有減少，也沒料到老闆眞的會解釋這麼多。

「後來洪議員特別愛那家酒店的小姐，我又被迫去了幾次，順便默默觀察她，畢竟酒店有酒，有酒就有糾紛，在幾次突如其來的狀況中，她的表現相當不錯，天不怕地不怕的膽氣，格外冷靜細膩的心，比我那與廢物無異的外甥實在優秀太多了。會讀書不過是替人打工的命，能辦事未來才能讓別人替自己辦事。」

「……這倒是真的。」

「即便如此，滅屍的工作事關重大，我不可能隨便交給陌生的甥女，之後找了幾次機會，跟她漫無目的地閒聊，漸漸察覺到一個事實……這也得感謝我那位腦袋有病的姊姊，異常重男輕女的教育方式，讓我確定，只要能控制住外甥，就能夠控制住甥女。果不其然，我提了殯葬業相關的工作來試探，她的表現很明確，有高報酬，能夠回去養弟弟，其餘的全不在意，真是可造之才。」

「原來如此……」

「你們這種軍人，大概不瞭解，讓屍體消失是多方便的事，即便在眾目睽睽之下捅了人兩刀，只要被害者消失不見，法官也沒辦法判下殺人罪。」說到這，謝律師不免笑了笑，語帶嘲諷地說：「毀屍滅跡這種事，一定要保持在最少人知道的狀態，所以沒辦法大幅度擴展業務，否則，這麼方便的事，我們都能發大財了吧。」

「可是……就不怕金四角真殺了她？」司機好奇問。

「不夠逼真，沒有效果，我需要製造出危機，讓她清楚一件事，除了乖乖工作之外，其餘任何多餘的事都會帶來危險。」

「逼真的確有效果，像我就沒料到那個傻子會是警察臥底……」

「這種蟑螂，應該徹底死絕。」謝律師的語調沒有起伏，卻能透過訊號傳遞出深層的恨意。

司機嚥了口口水，謹慎地說：「國安局與警政署安插釘子的行徑永遠不會停止。」

「嗯，我們需要更小心，這一次另外那一邊的……軍方透過我私賣武器給中東軍閥，只要這一條運輸線能夠建立，源源不絕的美金和國際級的影響力就會被我握在掌心了，到時整個台灣再也沒有人奈何得了我，也沒有人敢再恐嚇我。」

「武器……」

「是武器。」

「什麼時候進港？需要我去接嗎？」

「不用，這事我信不過任何人，我會親自處理，直到武器上船出港，順利離開台灣爲止。」

「是，不過武器這麼大的體積……」

「不要再問了。」

「是的。」

「專心做好自己的工作就好。」

「還有一點，那傻子或許探不到武器的訊息，但早餐店地下室的事，說不定已經洩露。」

「再測試看看就知道了。」謝律師說得輕描淡寫。

「估計楊必安已經跟我們反目……」司機提醒道。

「不會。」

「不會？」

「她不知道是我派出殺手，但她知道必穩在我的手中。」

「……」

「食材換好衣服了吧？」

「是……」

「送去早餐店讓必安處理。」

「……眞的？」

「你交給她的時候記得仔細觀察，如果表情沒什麼變化，想裝作毫不在意的模樣，就代表她洩露了，你當場取之性命；要是她的情緒有大幅波動，無論是憤怒、悲痛都行，這表示她同情一個無辜的人死去，代表滅屍的祕密沒有傳出去。」

謝律師簡簡單單地幾句話便預設了必安的生死。司機不在意必安能否通過測試，只覺得這樣的計算，直接到有些殘忍，同時也懷疑測試可不可以達到預期的效果。

「不用擔心，她認不出來的，他們體格很接近，相貌也有幾分神似。」

「……」

「她們母女倆對自己兄弟都是一樣的德性，所謂的好是對寵物的那種好，其實跟對待愛犬沒兩樣，只要是一樣的毛色、差不多的習性，偷偷換了她們也認不出來。」

謝律師像在說笑，可是低沉的語調又不像玩笑，司機認為自己沒辦法猜透這個男人，於是也不願浪費精力去猜，單純成為士兵遵守上級交派的指示就好……

能從德叔手下的一個普通律師，趁政府的大掃黑，抓準江湖的權力真空期間崛起，繼承德叔過去黑白兩道的人脈，再開拓出更深的政商關係，如今連軍火走私的龐大市場都介入了，未來已是不可限量。

縱使離得很近，但司機終究看不清楚謝律師的眞實面貌。

通話結束。

「當螞蟻碰上人，看見的只是鞋底的形狀……」司機拍拍自己的光頭，想要打散那一份揮之不去的怪異感，確認心態得到調整，才用力踩下油門，前往安穩早餐店。

通話結束。

謝律師走到火爐邊，將最新的蘋果手機當成拋棄式的，說完一通電話就扔進火爐內，燒得劈啪作響。

這幾天山上有點冷，特別是入夜之後氣溫降得很快，他確認室內溫度仍維持舒適的二十六度，就靜靜地來到一張床邊，伸出溫柔的手，輕輕撫摸女兒的髮絲，這樣的神情、這樣的動作，彷彿在觸摸著世界上最珍貴的藝術品。

力道太弱，無法感受女兒的溫度，力道太重，又怕她裂了、碎了。

這是外人永遠無法窺見的謝律師，無論平時多麼殺伐果斷，面對女兒也得患得患失。

「近期我可能比較忙，就讓陳阿姨陪妳好好養病，這裡風景優美、空氣清新，對妳比較好……真的對妳比較好……」

□

必安很不安。

就算一身大傷小傷，痛得連多走幾步都不行，她一心一意掛念的全是大傻。

在休旅車撞山壁翻覆後，僥倖逃出生天的她並沒有沿回頭路走，與其被殺手追上，還不如走進荒煙蔓草的山間小徑。

大概是腎上腺素發揮效果，硬拖著傷勢還是能夠順利移動，好不容易找到一家農戶求救，才得到協助搭便車下山。

回到熟悉的城市，她察覺到附近巡邏的警車變多了。

而自己的慘樣太過顯眼，於是小心警惕地全挑暗巷或小路走。身邊沒有大傻跟著，那種無法解釋的孤獨感便在胸口中不斷擴散，腳步越走越急促……

大概是習慣了吧，大傻的憨笑與陪伴。

基本上，大部分的殺手都在押送自己，跟金四角有仇的也是自己，大傻大概率是平安地逃出生天了，不過大傻沒有錢、沒有手機，很可能會回不了家……

雖然擔心金四角會追到早餐店，可是人生地不熟的大傻八成會回家，必安還是硬著頭皮回去，忌憚地拉下鐵捲門，只留著一個小縫讓監視器觀察門外的情況，開始憂心地等待大傻回來。

這一等，就是一天一夜。

她待在地下室，有把握在殺手衝進來之前，把厚重的鐵門關上保護自己，然而，隨著時間慢慢拉長，放在門把上的手也慢慢放開。

一個愚蠢的想法油然而生，大傻如果被金四角抓了就抓了吧，至少可以搞清楚下落，才有辦法救援，或者是交換，比起一顆心七上八下，混沌不明的現況，未嘗不是一種好事。

已經記不得自己多久沒有吃東西了，必安開著一家早餐店，但是完全不想爲自己煮一些食物，她搞不懂目前患得患失的心情究竟是什麼？

明明知道大傻不會有事，不過是一時找不到回家的路而已，沒想到，下一秒，思緒又發生完全相反的變化，覺得「不會有事」僅是自己的一廂情願，大傻出事的機率即便很低，也不代表絕不會發生。

這輩子從來沒有體驗過這種矛盾的情緒，自然沒有經驗去排解，必安用額頭頂著牆壁，將一切的不適通通推給大傻，都是這個混帳害的，這個混帳要是回來的話，一定要狠狠地踹上幾腳，讓他知道自己的厲害。

無處發洩的憤怒融合了找無出路的焦慮，必安扯著自己的短髮，好想放聲尖叫，好想把什麼人放進絞肉機裡面。

老魏就站在那台大型絞肉機旁，神色格外地古怪，手上端著一張粉紅色的信封，猶豫該不該拆開，可是必安痛苦猙獰的模樣，又似乎符合開啓的條件。

周圍黑色的光芒緊縮著、擴散著，不斷地變換、變形，象徵這一位死神的心境如同遭到攪拌的池，水面是無限混亂的漣漪。

總覺得自己正在被樂芙牽著鼻子走，信的內容幾乎完美預言事態的發展，這令他坐立難安。

縱使老魏沒有答應要參與樂芙設下的賭局，但目前的位置早在遊戲之中。

就算下了無數次的決心，絕對不會出手干涉楊家姊弟的事，要單純擔任一名旁觀者，免得落入樂芙的圈套，他還是戀戀不捨地站在最接近的觀眾席，親眼目睹所有的事態發生，然後安慰自己，這段過程中常常出現死人，對業績有實質的幫助……

「唉，不過這種業績……」老魏苦著一張臉，散發濃濃的苦味。

比起小菜、阿爺這些整日想的就是如何干涉塵世、常常感情用事的神明，他生性奉公守法，只希望自己的職業生涯能多一事不如少一事，所以他打從一開始就不想賭，即便他相信必安對弟弟的無私情感是屬於人性光輝的一面，絕非樂芙與阿爺一竿子打死認定人們就是無限的自私。

當然，無論輸贏，老魏都不想從中改變什麼。

不過目前看起來，賭約差不多要結束了，那後面的信還有什麼意義？

一向遵守規則的老魏難得想叛逆一回，在不確定是否達到開啓條件之前，就擅自拆開粉紅色的信封……

什麼是絕望？我想現在的安安就是了，人都是屬於沒有失去過，就永遠學不會珍惜的動物，尤其是她，這輩子擁有的實在太少，一旦失去了便會格外疼痛，像是身上某個部位被活生生地割下，連尖叫的力氣都會喪失。

老魏抬頭望了必安一眼，有幾分狐疑，這幾日大部分的時間都跟在必安身旁，看不出來會失去什麼東西。

可能是生長環境的關係，安安對於情感顯得特別遲鈍、麻木，這樣不好，身爲二十歲的少女就應該要嘗遍戀愛的酸甜苦辣，而不是像個弟控，成日念著弟弟，這種行徑根本是莫名其妙，相信所有的愛神都會跟我一樣，看不下去。

「抱歉，我不相信。」老魏翻著白眼。

我不免會開始思考，要怎麼對付安安這種人……想了很久才終於領悟到，安安就像我們睡太熟，不小心壓麻掉的手臂，輕輕地摸呀、推呀、捏呀，完全沒有半點效果，神經傳導無比遲緩，好像被塗了一整片的麻醉劑。魏魏，你說，該怎麼辦呢？

「當然是放著讓血液自然流通啊。」

當然是拿個鐵鎚，狠狠地朝手臂敲下去啊！一定馬上恢復所有感覺，簡單、直接、有效果，我就是愛這種好方法，能讓安安的神經徹底恢復正常。

「妳……到底是在說什麼東西？」

所以，我敲了。

老魏讀完這封信的最後一段話，連信紙都來不及放回信封，就聽到一陣很沉的腳步聲正在下樓梯。

必安也聽到了，但沒有如原先計畫的，將厚重的鐵門關閉，打算先確認來者是誰再說，背靠著牆壁，一臉期待地凝視著樓梯。

「唉……」

她無比失望，因爲來的人是司機，還揹著一桶食材。

別說是工作了，現在的必安連動都不想動，慢慢地撇過臉去，不願理睬。

司機放下食材，認眞地觀察必安的情況。

地下室總共有兩人一神，以及詭異的沉默。

畢竟這整件事太離奇了，必安爲了搞清楚，不得不先開口問：「老闆不是讓金四角放過我了嗎……爲什麼金四角突然追殺我？」

「不清楚，我們沒有接到消息。」司機緩緩地闔上門，「金四角各大支部林立，與鬼哥感情深厚的支部，未必就會賣旗老面子。」

「是嗎……」

「是。」

「你走吧，我劫後餘生，不幸得到創傷症後群，短期之內沒辦法工作。」

「不要耍嘴皮子了，我今天來是因爲老闆特別交代，要跟妳說很重要的事。」

「爲什麼總是有這麼多屁事要交代？我難道不可以放個假嗎？家裡的早餐店助手一下子少了兩個，弟弟也不知所蹤……」必安特意強調這一點，「我還得聽這位舅舅的交代？」

「我要說的，正是與妳的早餐店助手有關。」司機道。

「是大傻還是樂芙？」

「先聽我說，有關於小姐的事。」

「小雨？」

「是。」

「這又跟我表姊扯上什麼關係？」

「有。」司機點頭，雙手不起眼地縮至腰後，隱密地按住藏起的槍，「妳大概有聽說過，小姐有一段時間比較叛逆，常常蹺家不歸，與老闆爭執。」

「想出去玩，這不是叛逆。」必安當然替表姊說話。

「小姐忘記自己的身分，本來就不能和一般孩子相提並論……結果也證明老闆的擔憂正確，小姐的叛逆之心被外人所利用，成了老闆完美無瑕的防禦中，唯一的突破口。」

「不過是談個戀愛，你們到底在發什麼神經？」

「這個外人是警察。」

「……」

「卑劣無恥的蟑螂，居然連孩子的弱點也利用，偽裝成什麼攝影師，透過小姐來打探老闆的消息，這樣子的噁心行徑，比龜公更加下作，警察比我見過的所有流氓更惡質。」就算是過去的事了，司機提起依舊憤怒。

「……」必安的眉開始皺起。

「老闆怒不可遏，軟禁了小姐，讓我去查明眞相……不過，事實根本沒什麼好查的，當我敲斷那龜兒子的第二根脛骨，讓骨頭刺穿皮膚跑出來之後，就統統招得一清二楚，名字叫歸什麼平的，反正我只記得那個龜字，算是人如其名。」

「你對我說這些要做什麼？」

「我覺得妳應該還記得吧。」

「我他媽怎麼可能會知道你們幹過的惡行。」必安站了起來，大罵。

司機不解地說：「就是那具四肢都骨折的食材啊，年輕男性，不到三十歲，我不是交給妳了？」

必安的身子一陣搖晃，腦袋嗡的一聲，不堪的記憶全回來了。她當然還記得那具可憐的屍體，當初在肢解的過程中，依稀還感嘆過對方年紀輕輕、一表人才卻死得如此淒慘，沒想到居然是小雨的愛人。

「老闆就是在那一次對妳讚不絕口，還笑說警方估計到現在都摸不著頭緒，好好一個臥底怎麼就這樣消失不見，更窩囊的是，怕暴露臥底身分，會害自己人死得更慘，至今還不敢派人出去尋找。」司機微微笑了，忽然覺得有個專業的滅屍人是好事。

必安衝過去揪住司機的飛行夾克，激動地嚷嚷道：「你們這樣做，他……表姊會、會恨我一輩子！」

「放心吧，現在的小姐根本不記得這個龜兒子，況且……」司機撥掉必安的手，再拆開塑膠桶的圓蓋，「妳應該先擔心自己。」

「你們都給我去吃……」

「看。」

司機推倒塑膠桶，裡面的屍體露出了上半身。

沒有頭。

沒有手掌。

一片模糊，很像一袋破掉的沙包，只是掉出來的是紅色的血肉。

很恐怖，必安整顆心快要停擺，對她而言，真正恐怖的並不是血腥的畫面，而是這個體格，而是這件衣服。

可以一邊用液壓機碾碎頭骨、一邊吃燒肉便當的女人，突然有點想要吐，頭暈目眩的，雙腳站得不穩。

是大傻，她的第一個念頭就覺得是大傻。

「這傢伙是警方的釘子，裝成傻瓜的模樣，埋在身邊這麼長的時間，妳都沒有察覺嗎？」司機滿臉厭惡地從口袋取出一疊對摺再對摺的文件，準確地拋了過去，「這是他的人事資料，妳自己看清楚。」

文件命中必安的額頭，她的注意力才從無頭屍的身上收回，撿起來，慢慢地將紙攤平，是黑白色的影本資料，上頭有一張大傻戴著警帽的相片，真實的名字叫作萬翔……

手在顫抖，紙面變得模糊，淚水布滿眼眶，視線變得模糊，必安覺得整個身體的力氣被瞬間抽乾，忐忑不安地癱坐在冰冷的地板上。

這輩子好不容易擁有的部分，完完全全地消失殆盡了。

「金四角的人追殺他，剛逼到死路，這廢物就不傻了，立刻神智清楚，亮出警察的身分。但妳也知道金四角那群毒蟲根本沒在管這些，逼得他選擇跳樓，頭部著地整個碎掉，手都不知道斷在哪。」司機的語氣像在敘述一條被車撞死的野狗。

必安雙手捧著文件，眼淚一顆一顆落在上面，但她的哭泣沒有聲音，緊緊咬著嘴唇，倔強地不吭一聲。

「金四角覺得這垃圾的身分特殊，特地詢問老闆，直到這時候，我們才知道妳的身邊有鬼。」司機繼續說，繼續觀察必安的反應。

嘴唇被咬破了，紅色的血液沿著唇瓣流至嘴角，與淚水合流成怵目驚心的粉紅色，必安的恨意沒有掩飾，不，是根本沒辦法再掩飾。

「老闆基本上不管早餐店的經營，妳想找誰幫忙都行，可是連警察混進來妳都不知道，對此，老闆覺得很失望。」司機的手再次放在腰部，緩緩地握住槍的握把……

因爲他瞧見了，準備殺人的眼神。

必安的反應超乎預期，根據謝律師的指令，要是沒有反應，就代表她想裝傻，可殺；要是有反應，單純是爲熟人死去難過，這代表人之常情，可留。

問題是，現在她的反應是劇烈到危險的程度，那是絕望之後的不顧一切，全靠僅剩的理智在苦苦支撐，隨時有可能崩潰斷線。

「我得走了，屍體記得處理乾淨。」司機十分地警戒，甚至不敢盲目地背對著她離開。

他緩慢地往後退，用著很彆扭的姿勢拉開門，再一次觀察必安的狀態，總算想到一個比較精準的描述，可以回去對謝律師報告。

必安正在被活埋，被不存在的沙石活埋，漲紅的臉與脖子是吸不進空氣的掙扎，五官是無法接受現實的痛苦扭曲，雙眼是努力要看清楚凶手而不可得的模糊，無邊無際的恨意是無邊無際的碎礫，吞沒著她，撕碎了她。

要趁現在離開，司機再退一步，輕輕地關上鐵門，上樓梯回到早餐店店面……

才聽見驚人的哭聲。

死神茫然地看了一眼信封。

在必安第一次重傷之後開啓

□

浴室，或者該說是監獄。

必穩按著肚子上的洞，覺得好冷好冷……低頭一看，滿地的血，原來如此。

再快也不可能比子彈快，他終於是親身領悟這個道理，手中鋒利的瓷磚的確是割破了秦先生的臉，但肚子同時中了一槍，實在是太不划算了，經過心中一番計較換算之後，好看的嘴勾起一道虧大的慘笑。

「還笑什麼笑！」燦燦顧不得身體有多虛弱，脫掉自己的上衣讓必穩按著槍傷止血，轉過頭去，不斷地猛拍浴室的門，「他中槍了，再這樣下去一定會死的，有聽到嗎？外面有聽到嗎？快點叫救護車吧！」

「別浪費力氣，沒用的……」必穩忍痛道。

「秦先生，您大人有大量，不要跟這種不懂事的小屁孩計較，就原諒他一次，一次就好，讓他去醫院，等傷口縫好再關回來沒關係，要關多久就關多久都沒關係，只要能活著，我們都沒意見，拜託、拜託您。」

「一旦出去，就別想關我回來……」

燦燦用滿是淚水的雙眼狠狠地瞪了必穩，再用卑微的語氣對外面喊：「不要擔心他去醫院會偷跑或是亂講話，放心，我在這給您當人質，他要是在外面不聽話就回來殺我，要怎麼殺都可以，先叫救護車好不好？我們可以先救他再說，畢竟是一條人命啊。」

「不要求他，妳、妳不需要這樣子。」必穩搖搖頭，嘴唇已經是灰白色。

「他就是、他就是一個只出張嘴卻什麼都辦不到的男人，殺死這種廢人一點意義都沒有，還不如留他一條命，才能去勒索他的家人，對不對？白花花的鈔票絕對比屍體好……秦先生您還在嗎？外面還有人嗎？拜託，誰都好……快點過來……」

「燦燦眞是聰明……故意要引他們進來，做得好，只要有人敢進來，就要有被我偷襲的覺悟。」

「你閉嘴，你閉嘴，你閉嘴！」燦燦氣得直跺腳，然後哭了出來。

必穩心疼地說：「別喊了，外面眞的沒有人……」

「我不喊，難道眼睜睜看著你死嗎？」

「也好呀……」

「好個屁！你再撐著點，我想想辦法，我……我再想想辦法，我會想出辦法的……」

「事實上我們都知道……根本沒有辦法。」必穩淡淡地說。

是，燦燦其實知道，被關在這個叫天天不應、叫地地不靈的地方那麼久，根本就沒有別的辦法，只是，要她看著必穩體內的血一點一滴流乾，原本前途無量的生命，就這樣葬送在馬桶旁邊，很捨不得，覺得即便犧牲掉自己也沒關係的那種捨不得。

「原來失血過多……眞的會覺得冷……電視、電視上演的沒錯。」

「你不要再開玩笑了好不好，會死的……」淚流滿面的燦燦雙腿一軟，跪倒在一旁，緊緊地抱著必穩。

「果然有……暖和一點……」

「喂，你、你不可以死喔……不可以……」

「我盡力吧……」

「你是不是眞、眞的喜歡我？」

「……很在乎一個人的情緒，就算是喜歡嗎？」必穩的腦袋一片混沌，沒辦法考慮太艱深的問題。

「當然是啊！」燦燦的雙手抱得更緊，幾乎是爲這個擁抱用掉所有力氣，「這就是愛，你到底懂不懂？」

「原來如此……」

「等出去之後，我們就交往……過幾年就結婚，我、我不吸毒了，不去跑攤了，就待在家……當早餐店的助手，等到我調養好身子……我們生個孩子，不不不，要兩個……一男一女，你覺得怎麼樣？」燦燦哽咽地說著，「快點告訴我啊！」

必穩勉強地微笑道：「這得……我姊同意才行……」

「我去求她，每天求，按三餐求……你說好不好？」

「燦……我的時間不多了，得先告訴妳一件事……」

「你先說到底好不好！」燦燦的臉埋在必穩的胸膛，悲傷地大吼。

必穩顫抖的手，用極為溫柔的姿態，輕輕摸著燦燦的髮絲，柔聲道：「這片社區……不可能完全沒有外人……妳要仔細觀察，找到、找到一個關鍵的機會求救……」

「你不要說這些……不要了，只要你好好的……我被關一輩子也沒關係。」燦燦泣不成聲。

「還有，替我轉告姊姊……」必穩的視線開始模糊，「對於我闖了這麼多禍，很不好意思，道歉……跟她道歉三次，而且……要她不要難過，楊必安的人生是楊必安的……從此之後，她不要再為任何人活。」

「你要說你自己去說，這種遺言我不想聽！給我閉嘴！」

「最後，再跟她道歉一次……就說、就說，對不起……楊必穩終究沒有活成她希望的樣子……」

他是真的感到十分遺憾，連槍傷的痛楚，都沒有辦法蓋過這一份遺憾。燦燦抬起頭，將這一個表情印入自己的心田，覺得自己一生一世，大概都無法忘記這個男人當下的神情了。

「對了……之前、之前我們吸引不到外人關注的原因……」必穩推開了燦燦，緩緩地站了起來，原本有稍稍止住的傷口，又再度滲出更多血液。

「趕快坐著休息，你幹嘛站起來啊？」燦燦一手抹掉眼淚、一手去拉著必穩。

但是她拉下的，卻是原先用來止血的衣服。

時間像是煞車了，用著八倍速的慢動作播放，吸飽了鮮血的上衣，在這一個永恆的瞬間，像是一條粗大的紅線，斷落，墜落。

沒被拉住的必穩，已經站在馬桶之上，隔著透氣窗，看向外面廣闊的世界。

燦燦整個人都傻了，連眼淚都忘記要墜下。

「如果掉落的東西太小無法引起注意，那就，讓掉落的東西再大一點。」

他沒有回頭。

穿過窗。

從八樓到一樓。

一個人的人生。

□

大傻徐徐地走進這棟老舊的商辦大樓。

四十幾年從未改建過的歷史，一張又一張的廣告貼紙，被黏在灰色又斑駁的牆，像是證明了漫長的光陰在此存在的痕跡。

進進出出的人不少，看起來就沒幾個正經的，濃妝艷抹的應召女郎、刺龍刺虎的地痞流氓、面有饑色的落魄毒蟲……大傻穿梭在他們中間並不顯得突兀，凌亂的襯衫與不齊的頭髮有如一層低端的保護色，沒有人會想多看一眼。

雖然這美其名是商辦中心，但每個公司都是掛羊頭賣狗肉的單位，其中八成是有特殊用途的空頭公司，另外兩成就是提供性交易的應召站與黑幫用來做生意的據點。

譬如說「金色貿易公司」，正是金四角用來接殺手生意的地點，不過這幾年開始數位化了，眞的來到現場下單的顧客越來越少，秦先生大多將這裡當成自己的私人招待所，畢竟樓上便有三家同屬於北山會的應召站，要挑女人來陪酒助興很方便。

既然是招待所，自然不會擺現金，也不會放太多毒品現貨，這樣子的話便不需要用重兵部署，況且誰不知道這是金四角的地盤，根本沒有人敢將歪腦筋動到這來。

秦先生平時就是帶著兩名小弟兼助理，喝喝茶、打打撲克牌，過得算是愜意。不過貿易公司都開了，當然也得做些正經生意，聽說最近進口越南茶葉來冒充成台灣茶葉可以賺到翻掉。

於是他早早就整裝好，泡一壺上好的鐵觀音，等等約了越南的茶商要來好好談談進貨價格，能多砍一塊錢，就代表自己多賺一塊錢，放在口腔內的三寸不爛之舌，已經順勢待發。

大傻走進辦公室的時候，兩名小弟還蹺著腳在看電視，秦先生正專注地往茶壺倒進茶葉，身旁的瓦斯爐煮著開水，冒著沒有味道的白煙。

他不是第一次來了，自然熟門熟路地走到用來招待貴客的泡茶桌前。

秦先生抬起頭，大傻熟悉的面容映入眼簾，對於那憨憨的傻笑，原本還沒有什麼特別的想法，可是，隨著瞳孔漸漸放大，憨憨的傻笑也慢慢變成意味深長的邪笑，這時才全身如同觸電一般發麻，想起來眼前的男人不是什麼傻瓜，是警察的臥底，一個人就幹掉兩個金四角頂級殺手的可怕人物。

「你——」

秦先生沒有辦法把完整的話說完，大傻已經單手抓住他的油頭，狠狠地往茶盤撞下去，茶壺、公道杯、茶勺等等，各式精美的茶具應聲彈起，有的東倒西歪，有的落在地板裂成碎片，簡單的一個動作，造就了一片狼籍。

領薪水的兩名小弟，當然不可能再繼續看電視，熟練地從桌椅下面抄出開山刀，二話不說，衝上前去救自己的大哥。

大傻依然保持著一種獨特的冷漠，好像眼前的人不是人，只是可以用來發洩情緒的人型沙包，他一手拎起滾燙的水壺，砸向最靠近自己的小弟，而後面的小弟也被熱水波及，不得不退後幾步，但狀況比整張臉燙傷、在地上哀號打滾的兄弟好上太多。

秦先生整張臉失去知覺，鼻血沿著桌面流下來，能在這種險惡的世界混到今天的地位，絕對不是光靠舌頭就可以達成的，把握轉瞬而逝的機會，一向是他的專長。

大傻的注意力在自己小弟身上，那秦先生當然不會錯過，頭部猛力向右一撇，犧牲掉一整撮寶貴的髮絲，爭取到上半身坐挺的機會，右手已經從腰間拔出了槍，一樣還是這麼快速……

但是，大傻更快。

用力握住秦先生持槍的手腕，讓槍口沒辦法瞄準自己，砰砰砰一連開了三槍，打碎了一尊小彌勒佛、打穿了一台液晶電視、打落了天花板的吊扇。

還能雙腳站立的小弟爲了避免被流彈命中根本不敢亂動，遑論趁機會過去支援秦先生。

握力格外驚人的大傻手一旋轉，立刻將槍給奪了下來，扣下扳機，一槍打在了小弟的腳盤上面，另一槍打在了另一名小弟的腿上，然後將發燙槍管插進去秦先生的嘴巴裡面，一系列的俐落動作不超過三秒。

秦先生的兩名小弟，已經倒在地板起不來了，除了發瘋似地號叫沒別的事可以做，不可能還有能力保護自己大哥。

「別緊張，我就是來泡茶聊天的，你們不要太激動。」大傻一手持槍、一手壓著秦先生的肩。

從來沒有經歷過這樣的險情，秦先生全身冒汗，雙眼直直盯著那把插入口腔的武器，非常擔心扳機被觸動，子彈直接貫破脊椎，帶著血肉打在後方掛有財神爺畫像的牆，情緒緊張得就連金屬槍管撞到牙齦出血的疼痛都忘記。

「如果你能夠像上次一樣，好好地跟我說話，不要大吼大叫……嗯，我就把槍收起來吧。」

秦先生點點頭。

大傻如約定抽出槍，把沾到口水的槍身貼在對方昂貴的西裝外套上擦拭，但是沒有眞的收起槍，依然是隨性地拿在手中，防止現場有人想要輕舉妄動。

「你、你到底想要什麼？」秦先生總算是拿出一點幹部的尊嚴，保持冷靜地問。

「就幾個問題。」

「追殺你們的，不是我，我們這種支部根本就叫不動這種等級的菁英……」秦先生還特地補充一點，「這擺明只有旗老有這種權力啊，我相信你也知道吧。」

大傻當然知道他在玩什麼手段，在泡茶桌上撿了兩根鐵筷子，擺到了原本是用來煮水的瓦斯爐上面火烤，緊接著怒笑道：「等等你再給我打馬虎眼，我就會用抹布捏著這兩根燒得燙紅的鐵筷子，然後插入你的大腿。請不用擔心，因爲高溫的關係，傷口會馬上燙熟結痂，絕對不會有失血過度的問題。」

秦先生眞的完全無法想像，當初嘻嘻哈哈一臉蠢樣的男人，現在的神色是如此冷酷無情，彷彿是由雷霆怒火打造，又放進陰怨冷水冷卻，最終鍛造而成的刀，刀鋒所帶來的寒意，就足以劈開任何人事物。

大傻內斂的怒火，一直沒有停歇，還在胸膛中熊熊燃燒，外表依舊保持著富有專業素養的冷漠，逼得他快要發瘋了，他想要繼續擔任在早餐店打工的大傻，而不是揹負著一堆責任的萬翔。

他好想要見必安，但是不能，因爲必安已經知道眞相，知道自己是個大騙子……忿忿不平地下定決心，這一些負面的情緒，他要全部發洩在金四角身上。

「到底是誰要殺我們？」大傻耐住性子。

「一定是謝律師，所以才是由旗老親自接洽……金四角不過就是個收錢辦事的單位，怪不得我們吧，更別說怪我了，我根本從頭到尾都不知情的，眞的，全部不知情。」

「謝律師爲什麼要殺我們？」

「幹，我怎麼會知道啊？」

「原來你不知道。」大傻伸手拿抹布，輕描淡寫地說：「看起來溫度差不多了。」

「等一下，先等一下，難道你不覺得謝律師會派出殺手，就是因爲知道你是警方的臥底嗎？」秦先生連忙說出自己的猜測。

「不對，殺手最主要的目標是必安。」

「謝律師當然也會懷疑你們兩個是不是串通好的啊，要殺，當然兩個一起殺，這才合乎他這種人的想法吧。」

「嗯……算是有道理。」

大傻一面認同、一面透過抹布拿起尖端燒紅的鐵筷，秦先生開始有不好的預感，很想逃跑、很想喊救命，可是對自己造成威脅的不只是鐵筷，還有那一把槍，在槍的震懾之下根本不敢亂動。

「你、你……你到底想幹嘛？」

「因為我等等要請教你一個很關鍵的問題，估計你不會老實回答，所以先燙個幾下，免得有什麼僥倖的心態。」

「身為警察，你怎、怎麼能動手傷害善良的百姓？」秦先生被逼到死角，什麼話都能說。

大傻諷刺地笑道：「還好，我不是警察。」

「好，就算我有罪，也應該得到公正的審判，而不是警察擅自使用私刑。」為了自身權益，秦先生振振有詞。

「你是不是聽不懂人話啊？」大傻將筷子冷不防地觸在秦先生的脖子，「算了，快涼了，趁熱。」

「啊、啊啊啊啊啊啊啊！」秦先生的哀號與焦臭的白煙一起噴出。

「我不是警察，勸你不要再亂講……警察不只以身作則要遵守法律，還得被一大堆規章、守則所限制，啊我只是個在早餐店打工的傻瓜，當然是想做什麼就做什麼，你說是不是？」

「是是是……你說的都是……說的都是……」

「從小，我的夢想就是當一名警察，想要除暴安良、打擊犯罪，然而隨著執勤的時間漸長，夢想就慢慢地褪色，爲了抵抗邪惡，我們犧牲了這麼多，學弟割捨過往擔任臥底，落得一個生死不明，而我清清白白的一生，成爲不折不扣的騙子。」

「……」

秦先生顫抖著，趁鐵筷回去瓦斯爐加熱，得到一個喘息的空間，同時察覺到大傻所說之言，明顯蘊含著怪異的情緒。

「我不想騙人，尤其是騙她……一輩子都在爲別人而活的女孩，好不容易敞開心房，願意相信著一個傻瓜……結果我是個臭不要臉的敗類，你說，我是不是該去死一死？」大傻一把抓住秦先生的頭髮，冷冰冰地問。

「不、不是的……不是……」

「總隊長還褒獎我，說能夠探得這麼多金四角與謝律師的消息實屬不易，是這十年來總隊裡最成功的臥底，還會替我申請什麼獎章之類的狗屁東西，叫我盡速歸隊辦理手續，享受任務結束後的長假。」

「休假好，我也喜歡休假，可以、可以放鬆心情……」

「問題是，我不想當個……成功的臥底，卻是失敗的人。」

「……」

「我不想歸隊，我只想去早餐店打工，陪著她打打鬧鬧，吃著全宇宙最美味的蛋餅，你應該沒吃過吧？眞的是非常好吃，相信我，一吃就會愛上。」

「好吃是好吃，但是，你總要給我機會去吃啊……」秦先生委屈地說。

大傻一愣，旋即笑道：「說的也是，你應該吃不到了，抱歉。」

一聽到這一句，秦先生完全是大難臨頭的表情，無助地看向辦公室外，有沒有人路過能伸出援手……不幸，根本沒人，因爲今天自己特別交代過，有重要的生意要談，沒有得到通知統統不准靠近叨擾。

大傻沒料到秦先生有這麼多奇奇怪怪的煩惱，仍舊自顧自地說著，宛若特地掛了身心科的號，打算將這陣子不可告人的煩悶，一股腦全部倒給心理諮詢師，而且還是免費的。

「其實有一點讓我灰心……眞的很挫折……」

「什、什麼？」

「究竟還要犧牲多少人、到底還要付出多少事物，才能徹底割除你們這些社會毒瘤呢？」

「不不，我已經改邪啊啊啊啊啊、啊啊啊！」

燙紅的鐵筷洞穿了秦先生的手掌，慘叫聲如同發自小女孩的尖嫩嗓子。

「最後一個問題，謝律師人在哪裡？」

「我不知道……我、我不知道，根本沒人知啊啊啊啊停止、快停止！」

大傻正在扭動鐵筷，本被燒焦的傷口又滲出新血。

「秦先生交遊廣闊，道上無人不知、無人不曉，怎麼可能連一點風聲都沒聽過。」

「有的、有的，我有……我有聽說……」

「非常好。」大傻放開手，客氣地說：「請講。」

秦先生被折磨得汗流浹背，咬牙道：「我聽說最近謝律師動作頻頻，是、是有一筆很大的生意在運作。」

「又是這些廢話，稍等，我找找有沒有適合加熱的金屬……」

「等一下，這句話可不是廢話，只要稍作推敲，可以、可以推論出很多東西。」

「那就請你推敲、推敲。」大傻依然在四處張望，尋找適合加熱的物品。

如坐針氈的秦先生，嚥了一口口水，強忍著劇痛，顫聲道：「對謝律師這種等級的人物而言，可以讓他重視……那所謂『很大的生意』，必然是非同小可，絕非像我們賣賣越南茶，賺點不起眼的小錢而已……」

「然後呢？」

「既然是做生意，一定有賣方跟買方，即便謝律師做生意很低調，但總不可能整個台灣都沒有另一方的風聲……這樣子很奇怪呀，你說是不是？」

「……然後呢？」

「所以另一方很有可能是在國外，既然是在國外，那就是走私了……能靠走私賺到大錢的，基本上只有兩種貨物。」

「嗯……」

「第一種是毒品，第二種是軍火，相信你也能明白……我不是在胡說八道吧？」

「繼續說。」

「如果是毒品的話，這是我們金四角的專業領域……有外人要跳進來插旗，我們國外的供應商不可能一點消息都不透露……所以，大概就是軍火走私……」

「軍火走私……」大傻的神情漸漸變得凝重。

「軍火這種東西，不像是毒品，體積可大可小，有的走空運、有的走海運、有的可以塞進人的肛門裡……軍火的體積一定是非常龐大，不太可能用飛機運，而且機場的海關檢查特別嚴格，隨便X光機一掃，所有金屬物品一覽無遺，註定是失敗收場……再來換個角度想，那是不是只剩坐船這一途……」秦先生斷斷續續地說，幾乎已經要講到關鍵。

「……在哪個港口？」

「這、這我就不知道了。」

「台灣由南到北港口這麼多個，我有可能每一個都盯著嗎？」

「我能夠推敲的，就是這麼多了，開槍打死我也沒用啊！」秦先生真的把腦部組織都刮出來了，「難道你想聽我扯謊？」

大傻不喜歡有人大小聲，便開始輕輕地轉動那根鐵筷子，彷彿藉由這種無意識的舉動，再搭配大男人的尖聲求饒，能夠幫助思考，來突破一個關鍵的癥結點……沒錯，似乎有一個癥結點，只要能破解，一切皆能豁然開朗。

不過，沒有時間了。

局內的隊友們已經快抵達。

他拔出鐵筷，拍拍秦先生的肩。

「右手還能寫字吧？」

「……你、你還想怎樣？到底還想怎樣？」秦先生快被逼出男兒淚。

「把你知道的金四角支部據點統統寫出來。」大傻晃了晃手中的槍，「我先離開了，等等會有人過來檢查，你就乖乖地交出去，要是沒寫或是少寫，即使你被關進監獄裡，我們絕對會再見面。」

「行……」

「郵遞區號也要，方便我們找人。」

「是……」

「那我先走，再見。」

「好的，再、再見。」

大傻的身影總算消失在門後，秦先生並不清楚等待自己的是什麼，只覺得劫後餘生，鬆一大口氣。

□

必安走出地下室，已經是兩天之後。

用哭得幾乎睜不開的眼睛，像個半盲的人，踉踉蹌蹌地來早餐店店面，翻出過期的吐司與漢堡皮，緩緩地咬了幾口，然後吐了一地。

她根本不想吃，一點點的食慾都沒有，強迫進食的原因，單純是自己有更重要的事要做，不能隨隨便便就倒在毫無意義的地方，所以縱使身體萬般抵觸，在吐光胃袋的東西後，依然硬塞食物進去嘴巴。

補充一些體力，必安搜刮一袋食物與幾罐飲料，重新走回地下室去，沒辦法，現在還不行，她還不能接受大傻成爲食材被冰在冰箱的事實，一想到這，不小心又哭了出來，癱軟在牆角，全身悲傷地縮成一團，比凍結在冰箱的屍體還更像屍體。

再過去兩天，也就是必安認爲大傻死去的第六天，食物吃完了，身體也發臭了，她一步一步地走出地下室，腳步是那樣地虛弱、是那樣地堅強。

不管大傻的眞實身分是什麼，大傻就是大傻，是自己不可或缺的存在，既然大傻被硬生生地奪走，那她也要讓對方品嘗失去的滋味。

回到久違的房間，為了趕在今夜十二點前回來，她動作變得很迅速，替自己洗一個徹底的澡，換上全黑的長袖衣褲，吃一頓營養又飽足的餐點，強迫自己振作再振作，下定決心，要倒下去也得等到傷害大傻的人被傷害之後才行。

一身漆黑的必安走出店門，天上的太陽正在普照，可是那全然死寂的黑色，卻如同一顆坍塌為黑洞的恆星，抹煞掉一切的光明。

派出所不遠，她用走的過去。

附近的治安穩定，這裡的派出所算是個標準的閒散衙門，悠閒的上班時間，陸陸續續有值班的警察抵達，其中資歷最淺的，提著學長姊團購的早餐，氣喘吁吁地爬上所前七格的台階時，發現與自己並肩而行的必安，散發著無以名狀的悲傷，黑壓壓的，彷彿剛剛從親人的喪禮中離開。

她走到值班台前，恰好是值了夜班，準備要回家睡覺的王巡佐。

他原本殷切期盼著學弟去排隊購買的陳家包子，結果看見必安死灰的臉色，便知道跟老婆約好一起吃早餐的約定要拖延了。

「發生什麼事？」王巡佐主動站起來，關心道：「妳是不是都沒吃飯呀？來來來，先吃個包子，他們的菜包很好吃。」

「是不是忘了，我家開早餐店……」必安失笑道。

王巡佐完全感受不到眞實的笑意，更擔憂地說：「不然進去裡面坐，喝點熱茶，我們慢慢談。」

「我是來報案的，希望你們受理。」

「一定受理，有哪次不受理的。」

「好。」

「是什麼案子？是不是哪個白目鄰居惹妳生氣啦？」王巡佐試圖說笑，沖淡壓抑的氣氛，「放心，我一定替妳教訓對方。」

「不是，我是來提供數椿失蹤案件的線索。」必安沒笑，甚至聽不出來是在說笑。

「……幾椿？」

「知名的有五名，不知名的有……大概有十名吧？我記不清了。」

「十名……」王巡佐只認爲這可憐的少女是不是瘋了，「先別說這些了，先到我們後面的會客室坐一下休息。」

「我不需要休息。」

「喝點熱牛奶也好，或者是咖啡，我們這裡的咖啡滿好喝的，可以讓妳暖暖身子，讓臉蛋比較有血色啊。」

「金陽建設董事長失蹤案、聚合幫幫主失蹤案、吳令賓議員失蹤案、陸香怡失蹤案、國色酒店經理失蹤案，就先這樣子，可以嗎？」必安淡淡地問。

「……」王巡佐聽傻掉。

小小的派出所進入一種無聲的狀態，像在現實實際上演的荒唐默劇。

本來是開開心心吃包子的早餐時間，大家困惑地面面相覷，有的懷疑自己聽錯、有的嗅到山雨欲來的氣息、有的是感受到身處於暴風中央的恐懼，可是，就沒有人認爲必安在說謊，不知道爲什麼，就從她的神情態度來判斷，不像是在說謊。

更別說清楚大傻臥底任務的王巡佐，打從心底就知道這一切都是眞的。

必安慘無血色的薄唇中，吐出的每一個名稱，都是近年來轟動一時的大案，哪個背後不是牽扯到千絲萬縷的官商勾結？哪個不是影響黑社會勢力重組的血腥過往？

地方性的派出所，根本無法承接這種案件。

「我、我可以打通電話嗎？」

「當然可以，只要在今夜十二點之前讓我回家就好。」

王巡佐忘記要問爲什麼是十二點，也忘記要派個學妹招待，急匆匆地就往裡面走，趕緊聯絡能處理此事的上層單位。

一接到通知，顯然刑偵總隊也深受震動，楊必安本身是記錄在關鍵檔案的人物，當她自行出現在派出所，一定代表有重要的變化發生，緊急召開了一個會議，很迅速地得到初步結論，要求當地警員立刻護送報案人過來。

王巡佐得到指示，內心是百感交集，這麼年輕的孩子，到底要經歷什麼，才會被捲入這麼危險的案件？

其實無論是建設公司的董事長，還是聚合幫的幫主，突然失蹤的這段日子，便有許多傳聞甚囂塵上，說是早就遭到滅口了，只是沒有發現屍體，暫時需要用失蹤案來處理。

「小王、美娟，就由你們送必安到刑偵總隊去。」

王巡佐交代自己的後輩，之後獨自一個人去見必安，很細心地解釋了剛剛得到的消息，並且表明這麼大的案子派出所沒辦法處理，必須往上面報告，沒有辦法一路陪件，深深地感到歉意。

「謝謝。」必安低聲致意。

一輛警車很快就開到派出所門前，帶著她離開。

已經擔任警察這麼長的時間，王巡佐站在台階上，在望著警車漸漸駛遠的過程中，第一次覺得自己老了，希望不要再有無辜的人死去。

很巧，站在他身旁的死神，也是這麼想的。

□

小王、美娟是一對很年輕的警察，兩人在警校的時候就已經認識，年紀相當，卻差了一屆，他們的家境貧困，對比其他同學考進警校是對未來有神聖的憧憬，而他們單純是因爲不用學費，上學能領津貼，將來又有一份穩定的薪水，對於混口飯吃來說，是最佳的選擇。

即便如此，他們也不是壞警察，學長交代下來的任務，每一回都盡心盡力完成，轄區中有一些很可憐的弱勢族群，居住地又小又髒又臭，都是由他們兩個資歷最淺的人負責，可能是早就習慣的關係吧，一點都不爲所苦，定期的訪視從未缺席。

警車中，沒有人說話。

必安大部分的時間都在靜靜地看著車窗外，想的是和大傻曾經一起走過的地方。

一個警察坐在駕駛座開車，一個警察坐在副駕駛座指路，似乎也沒有空去理後座的人。

警車以一種不慌不忙的速度前進，必安猜想新晉的警察應該沒去過刑偵總隊，所以這趟路開起來特別猶豫，常常遇見不知道該左轉還是右轉的狀況，不久之後又發現走錯了，必須回頭再重走一遍。

時間在流逝，他們像是總算找到了正確的地圖。

再過五分鐘左右，警車突然停了。

必安回過神來，原以爲是到達刑偵總隊，沒想到車子停在某個加油站附設的公廁前面。

她直覺性地認定可能是尿急或者是沒有油，直到看見司機的大光頭，才終於明白……

他們不是壞警察，他們只是比較貪心而已。

這不是生意很好的加油站，店員看來看去僅有兩位，對於突然出現的警車也不以爲意，借廁所似乎是一件很常見的事，更何況體貼爲民服務的辛苦公務人員，是老百姓本該做的。

必安並沒有感到特別意外，舅舅會將這麼敏感的工作交給自己，在附近一定有安插眼線，隨便收買幾個年輕警察一點難度都沒有。

依舊沒說話的警察們，很有默契地下車，分別走進去男廁與女廁，緊接著司機上了車，一手是槍、一手是平板電腦。

「為什麼要這樣子做？」他問，帶著無奈。

必安只是瞥了他一眼。

「我不是說過，這個大傻是警察的臥底，所作所為全是在騙妳，目的是騙取有關老闆的情報。」

「……臥底也是人。」

「妳要為這種蟑螂跟我們反目？」

「我要你們統統得到應有的報應。」

「……」

「你們人多勢眾，天不怕地不怕，認為報應不可能降臨在自己頭上。」

「夠了。」

「如果這個世上眞的沒有神明，那我只好親手將你們送進地獄。」必安的恨意在瞳孔中燃燒。

「可憐……妳眞的是無可救藥。」司機立起平板電腦，發出一通視訊電話。

必安不需多猜，謝律師的聲音很快就出現在耳畔，很明顯是有經過粗略的變音，但說話方式獨特依然容易辨識。

陰沉不定的說話聲，如同是從山洞的另一端傳來，如此深邃、飄忽，像是一個捉摸不定的人，說出了令人捉摸不定的話語，這是謝律師，台灣警察窮追無果的存在。

「必安，弟弟呢？」謝律師用問題代替恐嚇。

「不是在金四角那嗎？」必安乾脆反問。

「沒錯，妳知道爲何嗎？」

「不就是因爲你的指示？」

「對，我想讓這個無用的外甥受點教訓，更重要的是，我不希望這麼有能力的妳，再因爲某些廢物分心。」

「滅屍也算什麼狗屁能力……」必安自嘲地笑了。

「妳的能力在於細心、專注、穩定、膽子大，可以長時間精準地處理好重複的工

作，不抱怨，而且守口如瓶，遠比連讀書都讀不好的外甥有能太多，根本不能相提並
論。」
「弟弟有弟弟的長處，不需要你來認可。」
「我那位重男輕女的姊姊，跟我們的母親一樣，向來喜歡把自己對未來的憧憬，
轉嫁到親生兒女身上，讓不幸的基因不斷重演，結果不出意外，一對兒女又養成這麼
可悲的模樣，眞令人悲傷。」
「你到底有什麼事？如果沒有的話，我還有事要忙。」
「妳眞的認爲報案可以改變什麼嗎？消失的人就是消失了，永遠不會再回來。」
「你眞的以爲自己做了這麼多傷天害理的事，都不會有任何的把柄在外面？」
「……指的是黑資料嗎？」即使透過變聲器，依然感受到了謝律師的笑意。
「有什麼好笑的……」
「抱歉，因爲這對我而言……似乎是好久好久以前，一個引起無數人家破人亡的
名詞。」
「正好是我希望的。」
「所以妳覺得我有可能再犯相同的錯誤？這個年代，沒有人把帳寫在紙本上了，

哪有什麼黑資料呢？」

「我說的黑資料並不是寫在紙上。」

「喔？」

「是嘴巴上。」

「單純當個人證，又有什麼功效……就憑妳是我的甥女，說出來的話便能取信檢方、警方？」

「不是。」

「雖然我已經多年沒去過法院，律師執照也生鏽得差不多了，但還是能勸妳幾句……回家去吧，年紀輕輕就擁有一筆財富，看是要出國遊學還是要環遊世界都行，別惹麻煩。」謝律師是眞心地勸，「妳和小雨從小感情就好，我希望妳們都能幸福成長……眞的，別惹麻煩。」

「就是因爲我有辦法惹出大麻煩，舅舅才會浪費時間說這麼多屁話，對不對？」

必安慢慢地抬起頭。

「妳要是有辦法，早就死了……」

「是嗎。」

「是，目前妳藏在地下室，那具臥底的屍體，是金四角殺的，很難跟我扯上關係……至於過去的屍體，司機都有在早餐店後的大排水溝記錄肉末排出的狀況，妳向來兢兢業業，處理得乾乾淨淨，我很放心。」

「恐怕要讓你失望了。」

「喔？」

「我說過，你的黑資料是存在嘴巴上……」

必安緩緩地從口袋掏出一包透明塑膠袋，舉在平板電腦的鏡頭前，沒有晃動，像是希望謝律師與司機能在最短的時間內看清楚裡面裝的東西。

是牙齒，更精確地說，是五顆長得都不一樣的牙齒。

「需要我介紹牙齒的主人是誰嗎？有一個是某建設公司的董事長、有一個是某黑幫幫主、有一個是某縣的縣議員……」必安像機械一般，不帶任何情感地碎唸。

直到司機大喝打斷，「閉嘴！」

電腦並沒有顯示謝律師的表情，可是長時間的沉默，已經傳達出冰冷的怒意。

「如果我帶著這些牙齒去，之後說出來的話，警察或檢察官一定都會相信吧？」

「妳是不是在找死？」平時情緒內斂的司機，從這個少女身上感受到眞眞切切的威脅，就跟過去海外的戰場上，所遇到的敵人一模一樣。

「我是想你們，陪著我一起死。」

「痴心妄想！」

對司機而言，能用暴力解決的問題，都不算是太大的問題，以兩人力量的差距，一把將塑膠袋搶了過來，必安完全沒有反抗的機會。

笑了，這是必安這幾日來第一次展開的眞實微笑，謝律師說過，她很勇敢，勇敢到幾乎不怕死……

於是，她毫無畏懼地替兩位大人上了一小節健康教育課程。

「一個成年人平均會有三十顆牙齒，這裡有五顆，那你們說說看，剩下的一百四十五顆會在哪裡呢？」

必安喜笑顏開，享受著司機像吃到蒼蠅的表情，以及謝律師至今吭不了一聲的沉默。

利用牙齒辨識，對照死者的牙科就醫紀錄，要確認死者的身分，依目前的科技，不過是一、二個小時的事，更何況，雖然無法直接證明生死，但一個人的全口牙齒被拔，就再也不能用一般的失蹤案等閒視之。

報復才剛剛開始，離眞正的目標還有距離，必安的細心、專注、穩定、膽子大，會一一展現給謝律師看，她就算知道大傻是臥底，也絲毫不減這顆爲復仇而炙熱的心。

司機將槍口抵在必安的太陽穴，此生已經殺過這麼多人，不在意再多殺一個。

必安連看都沒多看一眼，任由金屬的冷意竄進腦袋，輕輕地說：「只要我今日未回家報平安……你知道會有什麼後果。」

「少來這套，妳根本沒有朋友能幫。」

「樂芙會幫我。」

「……」

「樂芙這陣子不是突然消失，而是出國讀書了……」必安轉過頭，讓槍口對準自己眉心，無懼地說：「只要我出事，三天後她就會用各種不同的管道，將牙齒與我的自白錄影，分批寄進台灣的警察局、電視台、報社、雜誌社，有辦法就統統攔截吧。」

「我先殺了妳再說！」司機準備扣下扳機。

「等等。」一直沒開口的謝律師出聲。

「不能讓她繼續囂張下去。」

「要尊重兩名熱心幫忙的警察朋友，弄死人，會讓他們難辦。」

「一起殺了。」

「沒有準備的狀況下殺人，必然會遭到追查，太危險。」

「那該怎麼辦？」司機很難保持冷靜。

「讓她走吧，從此我們恩斷義絕。」謝律師結束了通話，爲這次的會面下了一個結論。

坐在公廁屋頂的老魏，眼見警車慢慢駛遠，內心湧起了極爲複雜的情緒。一直以來，他都以絕對中立的旁觀者角度，來觀察楊家姊弟的事件，不干涉、不插手、不影響是最高的三項原則，可是剛剛司機的槍擺在了必安的太陽穴旁，這是他第一次想要出手。

手中有一封粉紅色的信，上頭很清楚地寫著：**在必安開始復仇之後開啓。**

眞的很不想打開，彷彿自己打開了，就會讓樂芙如願，使事態繼續朝著無法挽回的方向暴走，但是到現在，自己已經沒有辦法中途放棄，不看結局了。

回憶起樂芙曾說：「我會找到你提到的早餐店，親眼見識願意爲弟弟付出所有的姊姊，假設如你所說眞有無私的情感，那我會認眞地替這對姊弟找到最棒的歸宿。」

爲此，老魏就不得不跟到最後，見證這對姊弟最終的結局。

把信拆開，這次的內容很短。

魏魏，看清楚安安的變異了嗎？一定會感到很奇怪吧，爲什麼要爲了長期欺騙自己的臥底，冒著生命危險背叛謝律師？只要是腦袋還清楚的人，必然不會這樣子做，對不對？再退一步說好了，即使兩人是情侶關係，當一方發現另一方說的全是謊言，還有可能這樣子不顧一切地爲對方復仇嗎？

「難。」老魏憑經驗回答。

所以我告訴你，安安在爲大傻報仇的同時，其實也是在爲自己報仇，爲自己過去本該擁有的卻又被剝奪的事物報仇……人相當複雜，一個行爲，可能有一個動機、可能根本沒有動機、可能是許多動機彼此糾纏、發酵、引爆之後的動機。

「眞不像是妳……」

對安安而言，失去大傻，就如同失去心中最重要的一部分，這個仇是一定要報的。

「……」

全部都是，爲了愛。

「我媽的親弟弟，就是我舅舅，在一次偶然的相遇，給我一個薪水非常高的工作，一開始我還以爲是要去意外現場撿碎屍，或是去殯儀館洗大體……結果是給了我一大筆錢，來購買設備改裝地下室，然後一桶一桶的屍體僞裝成食材送來，經過我的處理全部排進大排水溝，沒錯，就是毀屍滅跡。」

「楊小姐，雖然我們是用錄影記錄，但是後來也得整理出一份有頭有尾、鉅細靡遺的報告給檢察官，檢察官才有辦法藉此去深入調查、收集證據，未來站上法庭，將嫌犯繩之以法。」

「我說得太簡單了，對吧。」

「是的，我們必須從最一開始來，謝律師第一次跟妳搭話的部分講起。」

「當時，我是在京東酒店當少爺，碰巧遇到他……」

必安看一眼牆上的鐘，萬萬沒想到法定的過程是如此繁複，被送到刑偵總隊，立刻由特別行動組接手，自稱副組長的女人，帶著她來到還算舒適的偵訊室，透過幾個關鍵問題，就掌握了大概的輪廓。

緊接著是一大串搞得必安頭暈腦脹的手續與簽名，沒想到光是這樣子，就一個上午過去，剛剛吃完免費的便當當午餐，又回到偵訊室開攝影機錄影，被要求從頭開始重新講起。

必安感覺得出來特別行動組與一般的警察不太一樣，目前看到的組員都沒穿正式的警察制服，譬如說不斷引導自己的副組長，要不是脖子掛著標示職稱的證件，看起來就像高中輔導室的輔導老師。

這樣也好，謝律師會比較難將魔爪伸進這裡。

必安對副組長的印象不錯，很有耐心，不打官腔，縱使許多問題問得太細令人情緒浮動，她依舊保持冷靜，一題一題地回答。

「那是因爲當時我很缺錢，家裡有負債，弟弟讀書要錢，謝律師給出這麼好的條件，我完全沒有猶豫就接受了，人不是我殺的，而且當時我以爲那些屍體都是幫派分子鬥毆的犧牲者，反正都是人渣，處理起來更沒有什麼不適，這……可能算是我難得的才能吧。」

案情橫跨一段不短的時間，地點又發生在很多處，必安並不是一個敘事能力很好的人，常常會東落一塊、西落一塊，而某些關鍵只要少了，旁人就完全聽不懂整個事件發生的過程……所幸，副組長會及時提問，讓案情更加清晰。

非常多的細節，必安必須反覆敘述兩到三次，時間就在不斷的反覆當中流失，她看一眼牆上的鐘，居然到了晚餐時間……

「抱歉，我得先回家了。」

「不，抱歉的是我們這邊，而且更抱歉的是，我們沒辦法讓妳回家。」

「……」

「妳目前得罪的，可以說是台灣地下最惡劣的魔頭，謝律師在我們警檢系統，都有安插自己的人馬，發生了什麼事他一清二楚。」

「他的確知道。」

「如果放任妳離開，我真的想不到他不對妳動手的理由。」副組長擔憂道。

「我是他的親甥女……」必安微微地側著頭。

「這是生死關頭，難道妳要信任血緣關係？」

「……說的也是。」

「今天就先待在總部，我們特別行動組會二十四小時輪班陪同，先保證妳安全再說。」

「好意我心領了。」必安慢慢地站起來，「今天晚上對我而言有特殊的意義，必須回家。」

「眞的很抱歉……」

「不用道歉，我得回去。」

「……楊小姐。」副組長艱難地開口，「妳應該知道，在這一串的犯罪過程中，妳也會有刑責吧？」

「……」

「是證人還是嫌疑人，會對妳的未來產生巨大的影響，拜託，請務必要留下來，不要讓我們動用一些強硬的方式。」

「是嗎……」必安面有難色，緩緩地坐下。一直以來，自己都是謝律師的幫凶，雖然雙手沒有沾到血水，但屍水還是沾了不少，該面對的責任，終究是逃不掉的。

「請不要認爲我是在恐嚇，如果願意留下來，我給妳下跪也可以。」

「這……這倒是不用了。」

「哇，眞的嗎？那就太好了，我們一言爲定。」

「總覺得中了妳的圈套……」必安扶著額頭，蒼白的臉蛋，一想起大傻，便塗抹上了一層灰色的憂鬱。

副組長柔聲道：「妳在掛念誰？」

「……」必安啞然片刻，等忽然上湧的情緒平復，刻意放低音量地說：「一個騙子。」

「騙子？」

「我不清楚是哪個單位，但……他是僞裝成傻瓜潛入我身邊的臥底。」

「嗯……」副組長自詡經驗老道，可是五官仍出現不自然的變化，「請繼續說。」

「他……他的……」必安的唇瓣不斷張合，眼神中全是深刻的徬徨，「我、我不知道該怎麼講……抱歉……」

「可以隨便講，也可以什麼都不講。」副組長關掉了攝影機，不願去逼迫突然變得格外脆弱的女孩。

「我不知……」

「不用著急，準備好了再說。」

「我想說的是……唉，算了，讓他回家吧。」必安一直維持扭頭的姿勢，不想讓人見著那雙泛紅的眼睛，「我相信他一定有不得已的理由，也一定有家人在等待消息。」

副組長全聽不懂了。

「他的屍體……在我家，地下室的冰箱……密碼是七七五四三一，你們就、你們就……好好地送他回家……」必安用力咬著下唇，淚珠一顆一顆地落在桌上。

她是很堅強的女孩，可惜還不夠堅強。

聽到屍體這種關鍵字，副組長縱使一頭霧水，也要先派人去找再說，等到她回到偵訊室，手上提著一袋便當與礦泉水，以及一包衛生紙。

必安不吃、不喝，甚至不抽一張紙來擦擦眼淚，因爲她很清楚只要看到便當就會想起大傻的貪吃模樣、只要瞧見礦泉水就會憶起兩人在地下室的時光、只要碰到衛生紙，就會放縱自己的淚腺全面潰堤。

「放心，我們會查明死者的身分。」副組長完全搞不懂爲什麼必安會有這樣的情緒反應，然而光是那副強忍不哭的模樣，竟然讓自己也感到莫名的心酸。

「嗯……謝謝……」

「先說我不清楚死者究竟是什麼身分，但，假設眞是個騙子，妳又爲什麼要爲他難過呢？」

「……」

「這有隱藏什麼不可告人的祕密，或是妳不願對我說？」

「都不是……」

「……」

「是因為我也不知道啊……」必安哭著笑了、笑著哭了。

她眞的很想念大傻，沒有理由。

□

謝律師偶爾會憶起那段跟在德叔身邊的日子。

自己有一張律師執照，卻不代表可以開業發大財了，渾渾噩噩地尋找案子，做一個月休一個月，不至於餓死，但沒辦法讓家人過上多好的生活，要上不上、要下不下的挫折感，直到遇見德叔才有了改善。

一開始，謝律師眞以爲德叔只是某個黃昏市場的主委，委託自己辦理一些法院程序以及諮詢法律相關的問題，結果到了德叔位於郊外的庭院、豪宅，才知道眼前一身金牙、金鍊、金戒的俗氣大叔不簡單，漸漸地，爲了攀上這棵大樹，辦事變得更積極認眞，馬屁拍得更勤奮用心，終於得到認可，源源不絕的錢進戶頭。

越瞭解就越發自內心地欽佩德叔，能在江湖屹立不搖地站穩幾十年，手上沒有上千、上萬的小弟，連個能夠對外發展的組織都沒有，靠的就是手腕與人脈，穿梭在黑白兩道之間，把人情和消息當成籌碼交換，不斷不斷地交換，小迴紋針漸漸地換到大豪宅。

謝律師特別喜歡一個過去曾鬧得滿城風雨的大事件。

某個叫作獨龍的猛人，無幫無派，一人單幹，家藏一系列重武裝，警方集結數次與之駁火，總共因公殉職四位，而他每回都毫髮無傷順利逃脫，之後的胃口越來越大，開始持槍洗劫賭場，當街綁架民意代表，造成社會嚴重動盪不安。

警方被媒體打得滿頭包，各大黑幫角頭人人自危，獨龍是個瘋子，生性狡猾，智商極高，完全不講道理，可是又沒人奈何得了他，警察想抓他，黑道想殺他，卻一而再、再而三地落空，眼見各方都束手無策，德叔出馬了。

他先是找到過去供應軍火給獨龍的販子，當然人家也是有職業道德的，不可能隨隨便便就洩露客戶的資訊，德叔沒有逼迫，甚至沒有剖析什麼大道理，只是很簡單地說，「反正他將來也不可能再跟你做生意了，而我這邊剛好認識虎堂的人……」

就這樣子突破了軍火販子的職業道德，然後德叔對外公開，宣稱自己要出手教訓獨龍，一舉提升了自己的江湖聲譽之後，轉過頭直接把消息賣給了警方，過陣子，獨龍在外出購物的時候，當場被數名警察擊斃，同時在他的藏匿點中救出現任立委。

江湖盛讚德叔說到做到，警察也由衷感謝他的線報，除了獨龍之外，每一方都得到了自己的好處，再後來，警察與立委欠了他一個人情，德叔又拿去換了更多更多的好處，不停地迴圈，漸漸地擴大。

德叔從頭到尾只付出了一件事，就是知道供應軍火給獨龍的人是誰。

這便是人脈，後面的交易則叫作手腕。

手腕是可以靠天分學習的，但是人脈不能。

謝律師跟在德叔身邊不斷地學習，等到德叔因爲黑資料的關係倒台，他就趁這個機會跳上去，吸收掉寶貴的人脈，掌握了權力眞空之後的珍貴座位。

然而，德叔再叱吒風雲，最終也是灰飛煙滅。

謝律師不想步入德叔的後塵，想要抵達更高的境界，到達再也沒有人有辦法威脅自己的程度。

這要感謝德叔的養女，林音。

要不是當初謝律師遭到小小的林音威脅恐嚇，徹徹底底地被羞辱了一回，認知到唯有影響力才是明哲保身的最大武器，他也不會走到今天的位置……

「可惜您還是遠遠不足，於是落得如此下場。」

謝律師忽然用了尊稱，司機一頭霧水地踩下煞車，讓車子停在不起眼的角落。

「沒事，我只是想起過去某個前輩。」

「……你確定要獨自一人入港嗎？」

「嗯，說好的，對方只認我的臉。」

「這麼關鍵的交易，真的不找後援協助？」司機不放心地說：「我理解那些幫派的人不值得信任，不必大張旗鼓找上百、上千人，但過去在戰場上，我認識不少當傭兵的朋友，他們非常可靠，可以組織一支小而精銳的隊伍。」

「動作越小，知道的人會越少……這個世界，運鈔車會被搶，運豬車卻不會，可是，又有誰規定運豬車不能運鈔票呢？」謝律師透過後照鏡整理著領帶。

「現在時機敏感，楊必安已經背叛了。」

「這點很怪異……她是不是知道屍體是必穩？否則，那股濃烈的恨意究竟是如何而來？」

「她……一定不知道。」

「嗯，其實我是沒想過要殺必穩的，不過秦先生殺了也就殺了，無須介懷。」

「要是楊必安全說了？」

「定我的罪之前，他們需要先找到我。」

「也是。」

「我便當她全說了，我們倆罪證確鑿……但是今天交易完成，三日後你與我就帶著貨出境，過陣子再把小雨接出台灣，爾後這條走私航線已成，我即使不在本島，也有辦法遠端遙控，根本沒有影響。」謝律師的微笑中全是自信。

司機猶豫道：「還是讓我陪你進去。」

「不用，這港雖大，不過是一、二十分鐘的步程，帶個凶悍的保鏢，反而引人注意。」

「多多小心。」

「在這等我，一小時內必回。」

謝律師開了車門，精神抖擻地下車，直面由海岸線吹來的海風，伸了一個大大的懶腰，在旁人看來他就是個文質彬彬的男人，一身好看的名牌西裝，梳著七三分的標準斯文髮型，從外觀上來說，很像是精明能幹的業務員，準備進港務局談生意，絕不可能聯想到是什麼幕後的黑手，即將進行走私的非法交易。

他看起來就不平凡，但也絕對沒有非凡到引人矚目的程度。

雙手空空，抬頭挺胸地往前邁進，絲毫沒有在走人生最重要一段路的緊張。

港口很大，每年的貨物輸送量達上億公噸，是世界排名前二十的商港，光碼頭就有一百多座，要不是已經精準知道貨船停靠的位置，繞起來找需要好幾個小時，一雙腿估計支撐不住。

可是謝律師喜歡在這裡交易，藏木於林，顯得更不起眼，一路上來來往往遇見許多靠港口維生的人，甚至是海巡署的海警，他們大多數認爲謝律師不過是船務公司的高階主管或是外商公司的工程師，連多問的興趣都沒有。

一艘大型的運煤船進入謝律師的視線，長兩百二十公尺、寬三十三點五公尺、吃水深十四點二公尺，乘載重量達七萬一千噸，龐然大物正靜靜地停靠在碼頭，由數條大腿粗的纜繩綁住，像一頭暫時休息的巨獸，而身軀印著「HAO FAN 5」，那是牠的名字。

一道登船梯筆直地通往巨獸的腹部，當謝律師走了進去，轉眼之間宛若進入了異世界，空氣中彌漫著一片可視的炭灰，雙眼不自覺半閉，一種無法分辨來源的油臭味，逼著他皺了皺鼻子，打算下次派別人來就好。

一名大漢走了過來，可能是船長吧，畢竟船上這麼多人，只有眼前的男人穿得還算體面，其餘的船工無一不是黑黑髒髒的，像炭粉已經深入毛細孔當中，如刺青一般連洗都洗不掉。

謝律師與船長對了一眼，來自北韓的船長不會說中文、英文，土生土長的謝律師當然也不會說韓語，但是事前的溝通與安排已經長達數個月，彼此根本就不需要言語交流。

船長交給他一台手機。

謝律師收下一台手機，擺在面前，臉部辨識解鎖完成。

將大拇指放在螢幕上，指紋辨識解鎖成功。

再輸入八位數密碼，手機進入桌面。

謝律師打了一通國際電話，說出幾個英文單詞，聲紋辨識的關卡也理所當然通過，手機重新回到船長手上，表示一切都沒問題。

船長走進去船長室，再出來的時候，雙手捧著一個硬殼公事包，神情凝重，小心翼翼，彷彿雙手捧著的是尊貴無比的神像。

當親眼見到貨品，謝律師的表情也產生變化，右手輕輕接過，換成左手提著，整體看起來眞的毫不起眼，絕對沒有人會懷疑，穿著西裝筆挺的男人，帶著一個公事包有什麼不對，除非發現他的表情異常沉重，眼皮正在微微地顫抖，離開的每一步，皆走得格外地輕，深怕會產生過度的搖晃。

一下了船，就聽見船長大聲吆喝，運煤船的主要任務完成準備要起航了，至於船體所乘載的幾十噸煤碳，沒有那麼重要。

謝律師沿著原路走回去，突然發現自己沒有想像中的勇敢……

「是謝律師吧？」

謝律師停下雙足，兩旁全是花花綠綠的貨櫃層層堆疊，宛若彩色的山谷，他緩緩地回過頭，想看清楚叫出自己名諱的人。

太意外了，完全沒有想到，居然是大傻。

「你好，你是在叫我嗎？」謝律師親切地回應，相當自然。

大傻的情緒變得很亢奮，勸道：「不要再裝傻了，你明明聽得很清楚，對吧？謝律師。」

「是怎麼找到我的？」

「經過秦先生的猜測，你會利用海運來進行軍火交易。」

「台灣這麼多港口，這裡這麼多碼頭，剛好找得到我？」謝律師的笑容，像是廣告模特兒的表情，完美但僵硬。

大傻坦白地說：「北韓的船停靠台灣，是很罕見的情況，隨便一查就知道，好歹……我也是個警察，要查到資訊沒有難度。」

「秦先生不可能知道是北韓的船。」

「他不知道。」

「那你是憑什麼找到我？」

「就憑你女兒的日記，提到你去北韓……」大傻一點都沒有得意的感覺，反而開始覺得莫名的悲哀，「我就想，怎麼會有人去北韓觀光？如果不是觀光，那一定是去談很重要的生意吧。」

一聽到女兒這兩個字，謝律師的臉孔瞬間冷下來，不可一世的氣質逐漸釋放，那是逆鱗被觸碰的獨特神情。

「就你一個人？」

「對，我一個。」

「爲什麼？」

「其實……有很多原因。」大傻用食指抓抓額頭，爲難地說：「最主要是因爲秦先生的推論畢竟只是推論，萬一勞師動眾地圍港，卻是烏龍一場，我會被上面罵死。」

「這不是主要原因。」謝律師一眼就看出來，「如果目標是我，即便是失敗收場，也沒人會怪你的。」

「那可能是我……還不想歸隊吧，當大傻挺好的，自由自在，不必守那麼多規矩。」

「不對，這也不是主因。」

「……」

「不說無妨，現在我們來談談條件吧。」謝律師聳聳肩。

「我想要的，沒人能給。」大傻默然片刻，輕輕地說：「我不歸隊的原因……是想說，如果我還是大傻……」

「我聽不懂。」

「其實我自己也不是很清楚，但我要的，你眞的沒辦法給我。」

「說說看。」

「我是在想……如果我還是大傻，一直一直都是大傻……那就暫時不算是騙子了吧？」

「……」謝律師的思緒像是捕捉到什麼關鍵，但依舊模糊。

大傻搔搔頭道：「沒關係，我會自己面對這個困難的，現在比較重要的是，得請你跟我走一趟。」

「總覺得我錯估了什麼很關鍵的因素。」

「到拘留所再考慮，到時我們徹夜長談。」

「不對……這樣的行徑太怪異了，必然有個獨特的強烈動機，才能讓你發瘋似地，毫無計畫、單槍匹馬地過來找我。」

「可是我成功啦，順利逮到大名鼎鼎的謝大律師。」

「這是極端狀況的誤打誤撞……」

「能成功就好，跟我走吧。」

「會導致你進行這種自殺行動，難不成……」謝律師的瞳孔放大，緊鎖的雙眉鬆開，「真的會有這種事？你的上司會放任……不，根本沒人知道，對吧？」

「……」大傻的臉一沉。

「臥底愛上目標……」

「別說了。」

「原來是必安……未免太誇張，呵哈哈哈哈哈……」謝律師大笑不止，更多的是對自己的嘲諷。

「你的甥女是個很善良的人。」

「抱歉，我的笑沒有不敬的意思……是笑自己老了，思考的時候會不經意跳過愛情這種可能性，才導致了今天這種狀況，老了，我真的是老了。」

「我並不覺得你老，從各方面來說都不覺得。」

「說的也是，我的確不想就此認輸，你想抓我，只有一個人，我想走，也只有一個人，不如打一架算了，你覺得呢？」

「這樣對你有些不公平。」

「不會，我有槍。」

「幹！」

眼見謝律師的手伸進去西裝外套的口袋，大傻長年的訓練讓身體自然反應地跳躍與滾動，但薑還是老的辣，到底有沒有槍不知道，人倒是轉身就跑，而倒在地上的大傻一身狼狽，再站起來追，又慢上好幾步。

這段路像是鋪設好的跑道，兩側由貨櫃搭建而成，眼前只有直通到底的一條線。

要比財力、權力、影響力，謝律師很有自信，即使是不講理地在警局門口硬生生狙殺大傻，他也能逍遙法外，可是在這條路上，除了體力之外，其餘的什麼力都起不了作用，幸好這幾年很著重健身和養生，才有辦法維持到現在不被抓捕。

他等待的正是來自司機的支援。

大傻也瞧見司機標誌性的光頭了，知道到嘴的鴨子即將飛去，面對曾經的特種部隊軍人，不得不漸漸放慢腳步，全神貫注以待。

謝律師沒有停，與司機擦身而過，回頭交代道：「搞定他之後，到魚塭找我。」

「明白，鑰匙插在車上。」司機嘴巴說，雙眼仍盯著大傻，如同狼鎖定了羊。

準備上車之前，確認公事包毫髮無傷，謝律師再次回過頭，碰巧司機的手已經放在後腰的槍上，有把握可以當場射殺大傻。

「不，不要殺他。」

「……明白。」

謝律師駕車離去，大傻和司機保持著三公尺左右的對峙距離。

□

魚塭是個代號，代表一家開在鄉間的旅舍，過去靠著台灣掀起的環島熱潮，真的賺了不少錢，可惜近期熱潮消退，就只能招待一些觀光客，生意並不算好，但神奇的是卻沒有一點要倒閉的跡象，背後的原因很簡單，旅舍是謝律師的產業之一，表面上做正經生意，實際上是謝律師的窟。

狡兔三窟的窟。

謝律師開在高速公路上，一邊等待司機的電話。

目前的情況比想像中糟糕，離開台灣的計畫迫在眉睫，先不論必安會抖出多少祕密，光是公事包裡頭的東西被發現，自己這輩子就別想走出監獄。

位置已經暴露，過去所有去過的地方都不能再去，人走過必留下痕跡，無論多努力清除總會有蛛絲馬跡成爲破綻，包括現在開的這輛車都有風險。

如今最佳的方針，是先在魚塭躲藏打探消息，搞清楚警方目前究竟掌握了多少，再來看能不能跟著公事包的貨船一起前往中東，雖然必須留小雨在台灣，不過無辜的家屬，司法從來不會為難，過幾年一定有辦法找到機會接出來。

假設前往中東的貨船也被警方知道，那這次的跨國交易就必須推遲，要先帶著小雨躲藏一段時間，但是要安撫北韓與中東兩股巨大的力量，實在是相當麻煩的問題。

三個小時的車程，已經要進入尾聲，下了高速公路再走一段，就可以看見魚塭。

司機到此刻還沒有主動聯絡，謝律師隱隱之中感到有點不對勁，縱使高速公路的路況非常流暢，可是心中仍然有一個部分堵塞。

經過漫長等待，被扔在副駕駛座的手機總算是發出內建的基礎鈴聲，謝律師顧不得交通規則，歪著上半身拾起，憑記憶位置按下聽話與擴音鍵。

電話另一頭的人，很緊張地大聲呼喊。

不是司機。

謝律師直接踩下煞車，四輪在高速公路的路面磨出兩道極度危險的煞車痕，還好後方來車的行間距離拉得夠遠，否則早就出現連環大車禍。

一整片憤怒的喇叭聲炸開，謝律師恍若未聞，五官變得異常凝重，雙耳還在迴盪著剛剛聽到的消息。

那是一種很深的畏懼，彷彿連靈魂深處都在顫抖，一個過去曾經發生過的噩夢，又在光天化日之下重演。

擁有許多權力的謝律師，再一次感受到彷徨無助的失落感。

後面的車，紛紛從他的左右兩側繞了過去，他就像一顆卡在瀑布中間的頑石，經過千百年不停地沖刷之後，終究也是要落下來。

回過神的謝律師，將方向盤轉到極限，讓車直接在高速公路上迴轉，最後在路肩上行駛……這種行爲會不會引來公路警察的注意？逆向超速行駛會不會被測速照相機拍攝？會，都會。

可是他一點都不在乎。

阿爺與迎春就坐在謝律師的後座，眼看著奇蹟發生，見證大勢底定，兩人卻開心不起來，似乎也被謝律師的情緒所感染，分辨不出來是因爲顚簸的路面，還是那顆本該超然物外的心，讓自己變得很難受。

「眞的會有……這種奇蹟嗎？」迎春茫然地問。

「沒有奇蹟。」阿爺叼著自己的領帶，百思不得其解的模樣。

「不是奇蹟的話，剛剛跟他通的電話又算什麼？」

「跟在我屁股後面，學了這麼多年難道還看不出來？」

「我不懂……」

「塵世的所有奇蹟，其實全部都是神明的手筆。」

「你的意思是說，除了我們之外，還有其他神明在干涉。」

「九成九是啊，我就不相信已經拖了這麼多年的事，會剛好在這個關鍵的當下發生。」阿爺凝視著身邊的迎春，「妳還有找其他神明幫忙嗎？」

「幫什麼忙？不不不，應該這樣子問——」迎春根本搞不清楚東南西北，「當初是非門交代的任務，我算是達成了嗎？」

「應該是吧……」阿爺用著完全無法肯定的語氣。

「我們修正了這一團混亂的因果？」

「是呀，事情就到這結束，後面沒有了，也不可能再有什麼了啊。」

「我們弄清楚樂芙的眞實想法，破解她的計畫了嗎？」

「……不然呢？樂芙已經消失，對於塵世的干涉必然是漸漸地衰弱。」阿爺再重新教學一次，「神明的干涉就像丟一顆石子進池塘，產生的漣漪從一個小點開始朝四周擴張，但是擴張到某種程度便會逐漸減弱，最終歸於無。」

迎春不是笨蛋，當然明白這個道理，問題是目前樂芙導致的漣漪眞的平緩了？

按照先前的預設，樂芙的巧妙干涉讓必安與謝律師決裂，最終只要有一方退場，混亂的因果就會慢慢恢復秩序。

阿爺感受到迎春雙眸中的懷疑，一時之間沒辦法端出前輩的姿態，責備她腦袋空空又偏偏想得太多……因爲他自己也有幾分的困惑。

所謂的「不對勁」如同充滿濕氣的房間，耳、口、鼻都無法察覺到異常，唯有皮膚濕濕黏黏的，那種揮之不去的不適，令人煩躁。

如果樂芙扔進池塘的是一塊磚，漣漪確實該慢慢平緩，不過，要是她扔進的是一塊巨石呢？

□

港口的日光特別刺眼，可能是附近沒有高樓遮蔽，也可能是離海岸線特別近的關係。

司機滿身是傷，靠在金屬的貨櫃上，已經沒有辦法站起來，躲在貨櫃的黑影中似乎能讓體內的燥熱與畏懼得到一點平息的空間。

他的左眼腫得只剩下一條縫隙，視線剩餘一半，門牙被打斷兩根，牙齦不停地滲出血，肌膚的瘀青或破口不計其數，比較麻煩的是右肩脫臼、左腳踝嚴重扭傷，徹底喪失了戰鬥能力。

當他領悟到眼前的男人不用槍是無法制伏的時候，槍已經被奪走，拆解成零件狀態散落於一地。

很奇怪，畢竟有槍者勝，為什麼大傻不用槍來結束戰鬥呢？

等到雙方四拳相交、近身肉搏之後，他終於明白，對方有滿腔的怨念無可發洩……

正準備發洩在自己身上。

司機不是沒有身為特種部隊軍人的尊嚴，打算無視謝律師的命令，想用拳頭活生生將大傻揍死，可惜天不從人願，論身體素質或者是拳頭的破壞力司機更勝一籌，不過大傻太快了，無論是直拳還是橫踢都來得太快了……

「你到底是誰？」滿嘴是血的司機還能維持正常語氣，已算是展現出過人的耐力。

大傻雙手抱膝，背也靠在貨櫃上，吃痛地說：「在早餐店打工的傻瓜。」

「你這殘暴的性格，必然能在血腥中得到樂趣……」司機見得多了，尤其在戰場。

「我對那種格鬥比賽沒什麼興趣。」大傻揉著肩膀上的瘀青。

「依你的身手，就算是當警察，也是一種浪費。」

「爲什麼大家都愛問我這個問題？」

「……」

「老實講，我真的不喜歡揍人，弄得大家傷痕累累，全身上下又髒又亂，洗個澡痛得慘兮兮，吃個飯痛得齜牙咧嘴，何苦呢？」

「……是嗎？」

「是，我唯一喜歡的是揍壞人，越會反抗的越好。」大傻淺淺地笑了笑，像是剛剛跟死黨打完架又馬上和好的大男孩。

「你很強……」完全超乎司機的料想，過去曾聽說警政署轄下有一批戰力強大的特殊警察，沒想到會在今日碰上。

「真正的強，從來不是武力。」大傻沒有接受奉承，反而遺憾地說：「有個人不用打我、不用罵我，甚至沒看我一眼，就讓我感到痛苦。」

「我聽不懂。」

「沒關係，在眞正碰上之前，我也不懂。」

兩人突然沉默，各自沉思著各自的問題，大傻很想回去早餐店，就算是形同陌路，過去相處的點點滴滴、相扶相持統統一筆勾銷，只要能帶著幾十塊錢，點一份蛋餅與紅茶，重溫必安惡劣的服務態度，他願意放棄什麼褒獎、勳章這些狗屁東西。問題是可能嗎？

他不敢想像必安會多恨自己，因爲必安是眞心眞意對自己好的。有多好，就有多恨。

「你恨我嗎？」大傻冷不防扔出這句疑問。

「技不如人，我輸得服氣。」司機維持了敗者的風骨。

「那就好。」

「如果我年輕十五歲，我們應該可以打個平分秋色吧。」

「對。」

「……」

「眞的啊。」大傻點頭。

「少來了……」司機苦澀地笑道：「即使年紀一樣，我也不是你的對手。」

在他們閒聊之際，恰好有一位頭戴安全帽、身穿反光背心的碼頭工人走過來，他在這個港口工作了二十幾年，就算因爲占地太過遼闊，什麼牛鬼蛇神都親眼見過，卻偏偏沒見過這麼怪的組合，一名彪形大漢身受重傷、一名年輕的流浪漢衣不蔽體，兩人似乎還有說有笑。

「我現在比較猶豫的是……要不要帶你去警局。」大傻皺著眉。

「另一個選項呢？」司機問。

「報警，襲警、妨礙公務，現行犯逮捕。」

「那有什麼區別……」

「主動投案、被逮捕歸案，刑期完全不一樣，怎麼會沒有區別？」

「對我而言，眞的沒有區別。」

「你就不要嘴硬了。」大傻站了起來，朝著準備路過的碼頭工人喊，「大哥，不好意思，我是便衣警察，剛剛抓了一個嫌疑犯，可是他拒捕我們打成一團，手機不小心弄壞掉了，請問你能不能借我打通電話？」

碼頭工人半信半疑，但是基於善良市民的原則，還是把手機借給了大傻。

「你等等，我問問朋友要怎麼處理。」大傻撥出一串號碼，頭低低地走向一旁。

電話接通了，才剛剛表明身分，另一頭是爆發性的責罵，他也不回嘴，只是靜靜站在日光中間，臉色漸漸地變得沉重，漸漸地變得有些恐慌，清秀俊朗的眉眼之間，全是難以置信的猜疑，嘴巴重複地說了好多次，眞的嗎？不可能吧？爲什麼會這樣？該怎麼辦？

電話結束，大傻的慌亂完全沒有消滅，匆匆忙忙地將手機還給碼頭工人，拜託道：「大哥，請你報個警，就說這裡有現行犯，其餘的問題請聯絡刑偵總隊，麻煩你了，萬分感激。」

「這個……」碼頭工人一頭霧水。

大傻緊接著跟司機說：「不好意思，這事我幫不了你，你乖乖在這等警車，不要亂跑。」

「……」司機也很錯愕。

大傻朝他們揮揮手，就小跑步離開，像是在外頭玩到一半，得知家裡出事的孩子，可是在離去的背影沒有完全消失於司機的視線之前，他又小跑步折了回來。

「抱歉、抱歉，司機，你的惡名昭彰，我實在不能放心，就請你多痛一下了。」

誠懇地道歉完畢，大傻加速衝刺，雙腿凌空跳躍，將所有的重力匯聚於腳底，直接將司機的左膝蓋踩碎。

哀號，響遍整個港口。

□

副組長對必安很好，不是讓她待在冷冰冰的拘留所，而是讓她睡在溫暖的員工休息室。

床這種東西的好壞，跟價格、品牌沒什關係，單純是習慣在作祟，必安根本就睡不著，手機在充電，但沒有用，提不起興致去用，成了一個簡單的時鐘，記錄著她的悲痛還在延續。

其實她是想睡的，畢竟每一次短暫的睡眠都能再一次見到大傻，在夢中沒有鬼哥、沒有金四角、沒有警察也沒有警察局，只有一家早餐店，她站在煎台前，烹飪客人要的早點，大傻笨手笨腳地包裝，偷吃一塊蛋餅還被抓到。

很快樂的早餐店，很快樂的兩個人。

必安傻傻地笑了，雙手抱著腿，坐在床鋪旁邊，臉埋進雙腿中間，笑得比哭還難看……

原本想趕回家去見大傻最後一面，但現實的限制不得不放棄，於是她又將希望寄託在這間休息室，說不定大傻可以順利找到這裡。

目前是十一點四十九分，只要再過十一分鐘就是第七天了。

大傻死後的第七天，俗稱的頭七。

傳說中人過世之後的第七天，靈魂會回家一趟，見見掛念的親朋好友，才能安心轉世投胎，當然必安知道自己不是大傻的親戚，可能也算不上是好友，卻還是產生了一點點的期待，說不定大傻願意再見自己一面。

其實，也就是一點點而已……

但，正是這一點點的期待，讓她堅持到現在。

必安十指交握，本來是無神論的人，連祈求的姿態都顯得笨拙。

該拜託上帝嗎？還是該拜託死神？她喪氣地仰起頭，眼睜睜地瞧著分針越過了十二點，大傻的靈魂還是沒有出現。

「明明是頭七了啊……不不不，他會先回家看看親人……這是鬼之常情，沒什麼好介意的。」

「等親人看完，下一個就是看我了，嗯，他應該……應該沒有其他的異性朋友吧……」

「不過，他會不會跑到早餐店去？唉，早知道應該留個紙條……這白痴說不定找不到路。」

必安碎碎唸著，看分針一格一格地往下移動，半個小時過去，不要說鬼了，連蚊子都沒出現。

她怨懟地站起，不平衡地說：「就算是看親友，也拖得太久了吧！」

再過十分鐘，這股怨氣又散失得差不多了，無助地坐在床緣，茫然地望著房門，明白一點點的期待終究是一點點，頭七的傳聞終究是不切實際的奇幻故事，人死了就是死了，肉體會被燒成煙，或者被腐成養分。

那靈魂呢？

沒有。

那神呢？

根本沒……

砰！

門是被蠻力撞開的，大傻大口大口地喘著氣，整張臉沒半點血色，身上的衣物破爛不堪，清楚可見的傷口遍布。

堪比機械降神的戲劇張力，宛若有一雙無形的手，硬是在必安即將絕望的時機，推出大傻登場，偏執地證明神的存在。

「……是、是眞的嗎……是眞的嗎？」必安激動得全身顫抖，噘起唇，忍著淚。

「妳、妳怎麼變成這樣？」大傻嚇一大跳，她的削瘦身形，幾乎讓一顆受過無數訓練而堅強的心碎成粉末。

「爲什麼現在才來看我？去你的！爲什麼讓我等這麼久？」必安用盡全力大吼，吼完眼淚直接滑落。

「我盡快趕來了，距離很遠，而且又堵車……妳、妳先不要哭好不好？」

「這是什麼爛藉口啊，在這種時候還給我搞笑嗎！」

「對、對不起嘛。」

大傻沒有說謊，一接到副組長的電話，說必安帶著證據投案，他便使用近乎恐嚇的方式，逼著運將大哥，千里迢迢載著他回到總隊，害運將大哥縱使拿到一大筆的車資，卻得在人生地不熟的地方過夜，感覺沒有特別划算。

必安在大傻心中的形象，向來是堅強勇敢、處變不驚的，沒想到現在凶巴巴的模樣，卻比過往的任何時刻脆弱，像是腐鏽斑駁的鐵，經過風吹日曬，也會從中斷裂。

大傻不知所措，根據三十年來單薄可悲的異性互動經驗，甚至都不知道爲什麼必安要這麼生氣。

「妳先別生氣，這樣對身體不好……」

「我有很多帳要跟你算，你閉嘴！」

「慢慢算，妳冷靜……」

「你憑什麼擅自替我引走金四角的殺手？我有沒有要你先逃？爲什麼不聽我的話？如果你拔腿就逃，不要蹚這灘渾水，又怎麼會落得這種下場……」

「妳是說、是說怎樣的下場？」

「臥底就臥底、要騙我就騙我……你有需要搞到這種程度嗎？」必安不懂，就是一份領薪水的工作，何必爲了目標犧牲生命。

「我……」在大傻的耳朵聽來，必安像在質問他爲什麼要這樣傷害自己，這正好是他最心虛、最愧疚的一塊，「因爲學弟消失了，我需要找到一個眞相……對不起……

是我對不起妳……」

「他……是我滅的屍吧……好，你恨我，但你有五花八門可以報仇的方式，何必、何必要選這種方法報復我？」

「屍體對妳來說就是單純的肉塊，讓學弟變成屍體的是謝律師，我不恨妳，沒有人會恨妳。」

「那爲什麼我會這麼痛苦，你說啊！」必安哭得很狼狽。

「因爲我欺騙妳……」大傻咬著牙，忍著來自內心的疼痛。

「我、我早就懷疑你在演戲了好不好，白痴啊你！這種三流演技還眞以爲能瞞過誰？」

「……妳是、是什麼時候知道的？」

「不告訴你。」

「妳既然知道，又幹嘛陪我演戲……大可以罵我、揭穿我啊，爲什麼還對我這麼好？爲什麼？」大傻反問，一個很基本的問題。

「……」必安宛若被這個基本問題給難倒了，滿是淚水的雙眸狠狠瞪著眼前的男人，「你、你這個混帳，誰對你好啊，別在那邊自以爲是。」

「在剛剛之前，我一直以爲妳對我好，是因爲大傻孤苦無依、沒有能力値得同情……但妳早看穿眞相的話，我想不透妳爲什麼依然對我這麼好。」

這的確是很奇怪，無論對必安還是大傻都很奇怪，如果這種接近盲目而且無條件的「好」不是因爲同情，那又是爲了什麼？必安不接受自己被大傻問倒，也不想讓別人瞧見自己窘迫的模樣，於是用力咳嗽幾聲，努力地一邊整理激動的情緒、一邊整理染回黑色的髮絲。

「因爲你也對我好啦，這樣行了沒？」

「眞的嗎……」大傻搓著雙手，有點心虛。

必安擦擦眼睛，抹掉淚水，哽咽地嚷嚷道：「反正、反正我就覺得你對我的好……不是假的……」

「好，謝謝妳，眞的。」

「謝屁啊。」

「謝謝妳讓我知道，我不全然是個騙子。」大傻釋懷地笑了笑，憨憨的，依舊像過去偷吃蛋餅的傻子。

「你不是騙子……永遠是個傻子……」必安笑了一聲，破涕爲笑。

「夜深了，妳多休息，我先走。」

「什麼？這麼快嗎？不是吧，今天又還沒結束。」

「妳要多多休息，好好保養身子。」

「不要走，你等等沒有要去看別人吧？」

「沒有。」

「既然沒有，留在這陪我會怎樣嗎？」

「規定上，我不能……」

「誰規定的？閻王？死神？我不管，叫他們都去死一死！」必安急了，更加口無遮攔。

大傻不解地說：「這是？」

「應該要有完整的一天，大家都是這麼說的。」

「誰說的？」

「我、我不知道，反正規定就是這樣。」

「是嗎……」

大傻搜腸刮肚未果，當眞沒聽過這種規定，只是自己身爲執法人員，和證人同宿一室，就算兩人清清白白，也不可能得到許可，沒辦法，當雙腳踏入總部，自由自在的大傻就會消失了，取而代之的是要遵守一堆規定的萬翔。

「我留下，對妳不好……啊對了，忘記告訴妳最重要的三件事。」大傻用力拍了自己的平頭幾下，趕緊提醒：「第一，要不斷強調妳是在未成年的時候接下這份工作，當初是基於信任長輩的立場，加入之後受於威脅不敢退出；第二要百分之百配合檢察官，妳並沒有參與殺人，對於謝律師的所作所爲又不清楚，頂多是個損壞屍體罪，非常有機會轉成污點證人，態度良好的話，說不定判個緩刑就沒事了；至於第三……」

「你就算是說完這一大串，也不准走。」

「我是在跟妳說很重要的事，拜託，務必要很認眞。」

「時間很寶貴，我不想聽你說這些。」

「唉……妳到底是怎麼了？」

大傻在安穩早餐店打了這麼久的工，怎麼會不知道老闆的性格。他走到桌邊，抽了幾張衛生紙，不捨地替必安擦拭掉又落下來的眼淚。

他們好久沒靠得這麼近了，對彼此的臉都感到幾分面生，但神奇的是，短短的幾秒鐘，又再度恢復成如膠似漆的熟悉。

必安也抬起手，心疼地輕撫許久未見的臉龐，希望能感受到最後一點的溫度，在大傻消逝之前將這一切深刻地儲存在心中。

很慢很慢，她的手幾乎是用著捕捉煙霧的速度，一點一點地靠近，直到不用放大鏡看不清楚的指紋凸起處接觸到大傻的皮膚……

「等一等怎麼是熱的？」

「不然是冰的嗎？」

「不對……」

必安慌亂地讓整面掌心緊貼在大傻的臉頰，確認這股溫度不是錯覺，連忙抬起掌，再貼回去，產生輕微的啪聲，耳朵聽得一清二楚，這一定是正常的拍肉聲，不是打在靈魂或是屍體上的手感。

她激動地抬起掌，啪一聲再確認一次，沒有錯，啪一聲再再確認一次……啪啪啪啪啪啪一連確認無數多次，確認到大傻的臉頰腫起來，整個人還沒有反應過來。

「你爲什麼沒有死！」

「我爲什麼……要死？不對，我是快被妳給打死！」

「你不是被金四角的殺手逼得墜樓身亡嗎？」

「就憑那幾個廢物？」

「你、你說什麼？」必安退後兩步，腿靠著床緣，不敢相信地說：「今天是頭七，所以你的靈魂回來看我……應該是這樣才對……怎麼可能會？怎麼可能不是靈魂？」

「我是因爲尚未歸隊的關係，獨自一人在外面闖，身邊沒帶手機，一直聯絡不上，不過我一收到消息就趕來見妳，路上唯一的耽擱就是在休息站上廁所。」大傻徬徨地說：「至於頭七、靈魂什麼的，我是傻子，眞的聽不懂。」

「那你全身、全身的傷是怎麼回事？」

「我……我跟人打了一架。」

「打了一架……就這樣？」

「抱歉……」

「好，如果你沒死，爲、爲什麼不回家找我？」

「……」

「爲什麼！」

「我不敢……」

「你是在不敢什麼啊？」必安完全無法想像會有這種答案。

大傻輕輕地說：「不敢看到妳，對我失望的模樣。」

「我現在發現你根本不是演的吧？你就眞的是個大傻啊，怎麼會這麼愚蠢，可是蠢歸蠢……不對，還有一點不對。」必安的神情忽然凝重起來。

「沒有什麼不對，我好好的。」

「不是你……」

必安的腦袋瓜一時之間塞進太多訊息與情緒，在無限延伸、糾纏的雜訊中，爆發更多混亂不堪的片段，如今會不顧一切豁出去走到這裡，是一件很關鍵的事發生了。

或者是誤會一場、或者是不可思議的巧合，但也不能否認當初幾乎將自己逼上絕路的情感。

源頭正是……

副組長快步走了進來，向來彬彬有禮的她，這次連門都忘記要敲，來到了房間裡，卻一時不知道該如何開口，少了平時的沉穩，多了幾分同情與困惑。

端著平板電腦，一抬頭見到了大傻，副組長沒察覺到這是多不妥的行爲，一心一意全在觀察必安，同時也察覺到那張死白的臉蛋，產生怪異的變化。

「那司機送來的屍體是誰？」必安迷惘地問了。

「我也是想問問這件事。」副組長抿了抿唇，不安。

「什麼事？」

「……在妳家地下室冰箱的屍體，我們找到了。」

「是誰？」

「因爲此案非同小可，我請鑑識科的學妹熬夜加班，再與現場採集到的生物跡證進行比對……報告剛剛進到我的信箱……」副組長不得不說廢話替自己拖延時間，以便找到最適當的方式說出結果。

「然後呢？」

「然後依照我們用妳與死者的基因來……」副組長求助地看了一下大傻。

大傻根本沒有察覺，全心全意都放在必安身上。

「比對的結果呢？」

副組長無奈地嘆了一口氣，事到如今時間緊迫，也只能直說了，她輕輕咳了幾下，緩緩地說：「死者有百分之九十九的機率，是妳的二親等血親，所以……是妳的親弟弟。」

「……」大傻張大了嘴。

「……這怎麼可能？」必安搖頭，停了停，又再度搖頭。

「抱歉，請節哀。」副組長不算是資深的女警，因爲成績優秀，被分派到特別行動組，見過許許多多怪異的案子，但如此詭異的情節仍是聞所未聞，自然不懂該怎麼面對必安身爲舉報者、共犯、被害者家屬的三重身分。

必安坐倒在床鋪，五官已經容納不了多次強烈情緒的衝擊，反而面無表情，彷彿一次處理過多程序的老舊電腦，在當機之後剩餘的不過是漆黑一片的螢幕，沒有反應、無法發出聲音。

她的動作變得特別緩慢，縮起左腳，縮起右腳，雙手抱著，頭埋進大腿間，讓視線陷入全然的黑暗。

「你們先……出去好了……」

「安安……」

「……」

「讓我陪妳。」

大傻不想走，因爲他明白這時候不能走，必穩對於必安的意義是獨一無二的，如今必穩死狀淒慘，剛剛接收到這個消息的必安，萬一沒辦法承受，做出傻事怎麼辦？

副組長也開始猶豫了，考慮是不是該跟丈夫說一聲，今天不回家過夜。

「我什麼都不會做……只是很累……想睡一覺……」爲了取信於他們，必安緩緩地把被子拉至身上，人也緩緩地躺平。

「安安，讓我……」

「組長。」

副組長打斷大傻的請求，硬是拖著他的上衣往外走，大傻雖然百般不情願，可是在總部就該遵守總部的規矩，要是吵吵鬧鬧引起其他同事注意，對必安不會是好事。

於是他們離開了，打算洗個澡就住在總部，以便面對各種突發的狀況。

休息室就只剩下必安，以及她不信的死神。

棉被覆蓋她的全身上下，連一根髮絲都沒露在外頭，在一個狹小而且密閉空間中，終於得到了可以大口大口喘息的機會，讓二氧化碳降低自己的心跳，讓所有的情感在沒有光亮的地方漸漸地醞釀。

弟弟死了。

那一具屍體就是弟弟。

弟弟再也不會回來了。

母親過去的栽培，化爲屍骨無存的泡影，母親過去的遺言，成了不可能實現的想像，弟弟死的一瞬間，改變了整個世界，應該說只有自己的世界被改變，因爲眞實的世界根本沒有任何影響。

弟弟是怎麼死的？弟弟又怎麼會死？本來身爲姊姊應該好好追究這些問題的，但人死了就是死了，即便鉅細靡遺地瞭解完整的過程，重新體會弟弟死前的恐懼與折磨，都沒有一丁點意義……

與弟弟一起長大的回憶，無預警地彈出播放，只要刪除有母親的橋段，大部分是美好的，弟弟並不恃寵而驕，擁有天生的善良與體諒，以及從不畏懼的正義感，楊必穩一直以來都是楊家的驕傲。

必安揉了揉眼睛，奇異的感覺依然揮之不去，很不對勁，不應該是這樣子……莫名其妙感到慌亂，就像看著一部驚悚電影，其他角色都被惡魔一個一個殺光後，唯一的倖存者卻蹺著二郎腿，飲著咖啡，閱讀幾天前的舊報紙。

太不合理，違背人之常情，違逆了人類的行爲邏輯。

失去弟弟的姊姊應該要痛哭失聲才對，爲什麼眼睛擠不出一顆眼淚？

這可是弟弟，悲哀的死狀，連頭部都不見，多值得號啕大哭的事，那爲什麼會這樣子……

一瞬間，彷彿弟弟的死，也不是那麼重要了。

必安趕緊閉上雙眼，躲進更深的黑暗當中，感受著恐懼感逐漸發酵，或許自己不是自己認爲的模樣。

她很難過，難過自己一點都不覺得難過。

老魏坐在床尾，明明與必安身處於不同的世界線，但對於「既定印象遭到顚覆」的驚訝、迷惑完全相同，周遭散發出的黑色光線，如同成千上萬隻的黑蛇，蠕動著狹長黏膩的身軀，在轉眼之間爬滿休息室的每一個地方。

漆黑如墨，再無其他顏色存在的空間。

「這個女人……是誰？」

他不得不問一封粉紅色的信，即使信封上只有「我贏了之後開啓」這短短七個字，沒有能滿足疑問的答案。

「這就是所謂的姊弟之情嗎？」

老魏拆開了信封，帶著百年不見的怒意。

「人類，眞是醜陋。」

死神說。

□

天快亮了。

這一道窗，能看見治癒心靈的美好山景。

窗不能開，是一片純粹透明且潔淨的玻璃，保持最直接的視線，謝律師想給女兒最好的，包括風景。

建在山中的度假別墅，擁有最好的設備與充沛的物資，以兩個成年人來說，躲在這與世隔絕半年絕對沒有問題，謝律師透過人頭帳戶購買許多地產，此地是最喜歡的，於是留給女兒。

硬殼的公事包放於腳邊，謝律師坐在床邊，輕輕握住女兒的手，小雨躺在床上，被諸多高端的醫療器材包圍，軟嫩的脖子開了一個孔，連到旁邊的呼吸器，一陣一陣地將氧氣打入幾乎無用的肺。

多麼感人的父女之情，但老魏連看都沒多看一眼，反而注視著早看過的信，以及感受著樂芙的可怕意志。

魏魏，請不要難過，從一開始你就註定輸給我了，因爲你對人類有著錯誤的期待。

「我只是認爲……總有些人會不一樣。」

我說過，樂芙式兩階段眞愛驗證法，第二階段就是比較，愛全部都是透過比較提煉出來，估計連安安自身都不懂一向視爲第二生命的穩穩死去，爲什麼內心卻無難過之情。這道理其實很簡單，因爲太開心了啊，當人中了十億的樂透，還會難過於自己的錢包遺失嗎？不可能的，大傻的活絕對能蓋過穩穩的死，因爲他們是我親手造出的眞愛，無與倫比、無懈可擊。

「妳是眞的瘋了……」

我再告訴你一點，或許魏魏會質疑，安安假設知道大傻是假的，又怎麼可能死心塌地愛上他？關於這點就是魏魏的無知了，眞愛是雙向的，絕對無法僞裝，當一個表情符號、當一句不經意的話、當一段微小變化的生活細節，都會被對方察覺的時候，雙方必定是付出了同等的感情，才能讓眞正的戀愛關係成立，根本沒有逢場作戲的可能性。

「妳說的對，細節無法掩飾。」

大傻的身分是假的沒錯，但他對她的愛是眞的，所以必安不會在乎他的身分。是一名優秀的警察，還是一名在早餐店打工的傻瓜，通通都不重要，就算是職業的演員或是專業的臥底也別想演出眞愛。

魏魏一定會覺得我喪心病狂，讓無辜的穩穩死得如此可憐。是的，我承認，所以我也必須付出相對的代價……非常遺憾，穩穩必須成爲我的尺，才能量出安安對大傻的情感有多麼與衆不同，每一段千錘百煉的眞愛，都必須經過反覆的痛苦歷練，身爲愛神，這是必須肩負的罪，我承受。

「我覺得這就是妳最可惡的地方……拍拍屁股消失，留下亂七八糟的爛攤子。」

即便如此，我還是不同意，大家叫我超殘虐愛神，明明愛神的工作就是追求眞愛，對不起穩穩是一回事，但面對職責又是另外一回事，如果時間倒流，我還是會毫不猶豫地爲他牽上紅線吧，無論是謝雨琦、歸治平，還是燦燦、穩穩，都刻骨銘心地享受到了戀愛的滋味，不是嗎？

「我眞的非常懷疑……」

每一段感情，不可能總是功德圓滿，對不對？所以超殘虐愛神根本就是同行的抹黑嘛。魏魏，幫我取一個新的外號，一定要能夠彰顯我的偉大事蹟，超敬業愛神會不會是更好的選擇？

「當然是超無恥愛神。」

禮尚往來，我也幫魏魏取一個外號吧，嗯嗯……我覺得超幸福死神不錯喔，哈哈哈。

「好爛……」

最後，是的，眞的是最後了，感謝魏魏沒有辜負我的託付，藉一封一封的信，代替我伴隨著安安一步一步驗證了眞愛，謝謝啦，如果這幾封信是交給阿爺，一定早就被扔進垃圾桶，如果是交給菜菜，依她的好奇心必定一次就拆開所有信封，唯有你，願意聽我的話。

「妳就是吃定我。」

魏魏還得在塵世工作好多年，請你千萬不要失望，失去對於死神的熱情，當見識隨著歲月堆積，勢必會見到更多陰暗、渺小的角落，漸漸地，就會懂了，人類正是因爲這些不完美，所以才美。

老魏的視線就停在這句話的句點。

他坐在窗台上，一手持著信、一手撐著頭，額頭的皺紋變深，表情也變得更痛苦，自言自語地說：「妳搞了這麼大一圈，用最不適當的暴力干涉手段，硬是攪爛了整團因果，死去這麼多人，帶來這麼多不幸，連自己都搭進去，被天庭收拾了，就僅僅是要演示什麼莫名其妙的兩階段驗證法？」

同一時間，謝律師依然緊緊握住女兒的手，足以掌控台灣一半地下世界的男人，此刻顯得格外無助。

「如果是刀子嘴、豆腐心的阿爺，我信，他雖然平時舌粲蓮花，但真要講述在意的內心話時就突然啞巴了，情願繞三百六十五圈，不管多無聊、多麻煩，就為了闡述一個道理……而妳，我不覺得。」

老魏對摺撕掉、再對摺撕掉手中的信，直接對著空中扔去，頓時，像一棵櫻花樹被強風吹落的無數花瓣，其中一片以樂芙特有的獨特可愛字跡寫著……

Ps.別忘了要替我辦一件事，再麻煩你殺死謝雨琦了，愛你～❤

不願意再去糾結殺與不殺的問題，老魏雙腳落地，踩著死神的沉重步伐，朝小雨的床過去時，背後爆發出一整團的黑色線條，像是躲藏在深淵的怪物，張開無限多根的觸手，用不規則的頻率以及角度擺動。

他沒有停下腳步，連放慢都沒有，只是走過了床尾，順手抓住小雨的左腳踝，就拖出了一條滿臉驚恐的靈魂。

瞬間，周遭的儀器紛紛放聲大叫。謝律師沒有動作，靜靜地經歷了這一切……所謂的白髮人送黑髮人，所謂的生離死別。

死神走了。

生者留下。

專門照顧小雨的陳阿姨已經不知所蹤，他再去打電話叫救護車，或是聯絡一些醫生朋友來幫忙，通通沒有了意義，原本可以躲在安全的魚塭中，等待時機潛逃出國，但是陳阿姨的一通電話，拉回了一名準備絕情的父親。

眼睜睜看著親人死亡，這不是第一次了，當謝律師的妻子與長女死在同一場交通事故，他就默默立誓要保護好僅剩的女兒。

這個世道真的太危險，連開車去百貨公司的途中，都能遭到酒駕撞擊，所以用盡全力保護女兒沒有錯，將女兒保護在絕對安全的房間中並沒有錯，錯的是這個世界危機四伏。

但不幸的是，女兒的年紀太輕了，天真無邪、想法單純，自行打開了一個破口，落入警方的圈套，愛上一名殺千刀的臥底。

東窗事發後，兩人居然相約私奔，謝律師百思不得其解，私奔代表捨去所有，只願成就一段戀情，女兒擺明知道男方是騙子，卻依舊傻傻上鉤，而男方似乎也眞的準備揮別過去，連總部都沒聯絡，打算從此人間蒸發。

司機弄死了男方，屍體也徹底銷毀，女兒與自己反目成仇，最終點燃了房間的窗簾，火光很快地蔓延開來，縱使在千鈞一髮之際救出女兒，但肺部喪失功能，缺氧過久腦部呈現腦死狀態，醫生建議放手，謝律師堅決不同意，認爲自己有錢有權，未來有機會讓女兒第一時間使用最新的醫療技術。

然而，女兒的恨沒有消除，像是不願再見到自己，時不時心臟就會停止運作，經過無數次的強留，女兒已經骨瘦如柴、不成人形了，即便謝律師萬分不願，女兒還是在這個瞬間硬是達成心願，完成對自己的報復。

謝律師原先以爲自己能夠習慣，但事實上，不能。

無法控制地顫抖，眼皮不停地狂跳，明明沒有動作，卻必須不斷地大口喘氣，彷彿整個房間都在搖晃，天與地在旋轉，整座山在眨眼之間同時寂寞，耳邊只剩下沒完沒了的儀器警告聲，一而再、再而三地重複提醒一個殘酷的事實，從此之後，再無家人。

「……爲什麼呢？」謝律師依然握著女兒的手，感受溫度正在漸漸消逝。

依依不捨地放開女兒的手，謝律師提起腳邊的公事包，輸入一串密碼，順利取出一個有著層層保護措施的金屬罐，再打開金屬罐，拿出大約五公分長的玻璃試管，愼重地握在掌心。

通常監控的醫療設備一響，擁有多年急救經驗的陳阿姨會出現，不過，謝律師自從收到她的電話之後，就沒有再有過任何聯絡了，這代表……

警察來了。

大傻就站在房間門口，後頭黑壓壓的，全是全副武裝的警察，手槍、衝鋒步槍、防彈背心、防彈頭盔一應俱全，猶如在應對荷槍實彈的武裝犯罪集團，事實上面對的就只是個溫柔儒雅的中年男子，還有躺在床上不動的少女。

一改過去傻瓜的模樣，大傻穿著整齊的警察制服，悲傷地走到床邊，摸索了一陣才把所有儀器關掉，讓房間恢復應有的寧靜，死者得到短暫的安詳。

謝律師與大傻互看了一眼，平平淡淡的，沒有如預期擦出什麼火花。

就像一部無聊電影的無聊結尾，警察抓到了歹徒，但過程中沒有刺激的槍戰，沒有對於正義思辨的論戰，平靜，水到渠成，後面的特殊攻堅部隊，都像是走錯戲場的演員，紛紛收起槍，放下高舉的防彈盾牌。

「我覺得令嫒是個很了不起的女性，令人敬佩。」大傻尊敬地對著小雨的遺體雙手合十。

「……」

「而且特別的勇敢。」

「你沒見過她，又懂什麼……」

「能對抗你這樣的父親，沒有勇氣是做不到的，在你的全面掌控下，她仍很努力很努力地活出自我，令嫒超乎你想像的偉大。」大傻拉高被子，替小雨遮住整張臉。

謝律師愣愣地不動，不禁懷疑自己是不是錯了。

「謝律師，你說，如果我們的故事拍成一部電影，會是長什麼樣子？」

「一定很無聊。」謝律師的雙眼還是沒辦法離開女兒。

「說像警匪片，我們連一顆子彈都沒打出去；說像偵探片，你就這樣子坐在這裡，並沒有什麼懸念；說像黑道片，我們一路包圍這裡，連個小弟都沒有遇到；說像動作片……我們有動嗎？」

「無聊。」

「好吧，那我們的動作就快一點，米蘭達告知也省略掉，反正你一個堂堂的大律師，接下來會發生什麼肯定一清二楚。」大傻拿出了手銬，有些擔心地說：「眞的不好意思，可能要麻煩動作快一點，我得趕緊回去總部，她的狀態令人憂慮。」

「隨便吧。」萬念俱灰的謝律師根本不在意他口中的她是誰，完全沒有逃跑或掙扎的企圖。

每個人的付出與犧牲都需要一個目標，經過這些年的擴展，他實際能掌控的財富八輩子花不完了，擁有的影響力即便是進入監獄，也能過著國王般的生活，遑論背後有一批專業的律師團支持，暗地裡的人脈關係多少能左右法官判決，審判程序一拖數年，最終可能都不必入獄服刑……

但他失去値得讓自己付出與犧牲的目標了。

帝國的崩塌並不是因爲世事難料，而是沒有存在的必要。

大傻的外表看似輕鬆，內心實則異常警惕，就算手銬已經準備好，還是沒有貿然地過去上銬，天生的直覺告訴他，事情沒有這麼簡單，這部無法歸類爲哪一種類型的電影，不可能會是如此平淡的結局。

「你應該不會爲了什麼劇情張力，搞一個最終的大反轉吧？」大傻說說笑，讓自己別緊張。

「你是怎麼找到我的？」謝律師無動於衷，視線從女兒身上收回，無神地望向大傻，以及門外的無數警察。

「必安送給小雨的私訊，全部都是已讀狀態，所以查詢小雨手機的位置，就可以找到這裡。」

「原來如此。」

「這也是給所有父母一個警告，別偷看孩子的手機。」

「的確是我的疏漏，不是有人背叛，挺好的。」謝律師嘴巴說好，可臉上表情依舊肅然。

「我都這麼配合地說了。」大傻向前走了一步，「那麻煩你雙手舉高，慢慢地站起來……」

「看來這就是我的結局……」

要再次與親生女兒分別了，謝律師原先以爲自己早就做好心理準備，但事實上，沒有。

他站是站了，但雙手沒有高舉，瞬間所有的槍口對準他的全身上下，剛好被床鋪遮掩，沒人發現透明的試管順勢墜落於地。

「我要這個世界的人，全部跟我女兒陪葬。」

謝律師說得很小聲，小到現場只有自己一個人聽見，這不是在撂狠話，沒有打算要恐嚇任何人，就像是在說「我回來了」、「我開動了」這種尋常的語氣，是一種自言自語，與一種最終的恣意妄爲。

北韓生產的生化武器，原本該運到中東的戰場上，現在出現在台灣，也沒有什麼不可以。

這就是影響力，謝律師念茲在茲的東西。

他一腳踩碎，試管中的液體流出，碰觸到空氣之後快速揮發，那輕微的破碎聲，根本傳不進其他人的耳朵裡。

「走吧，大家一起。」謝律師平舉雙手，像是即將展開雙臂，無情地擁抱死亡。

手銬，銬上了他的雙手。

同一時間。

遠在不知何方的死神猛然回頭，混濁的一對瞳孔正在不停地顫動，包圍身軀的黑色光芒張牙舞爪的，宛若在咆哮、在慶祝、在舞蹈。

在上一個剎那，因果產生了非常可怕的變動，無法用言語精確敘述這種驚悚，頂多只能說如同發生了一場十級的大地震，劈開了大海，震碎了大地，讓整個世界在眨眼之間，通通塗上紅色，然後再塗上了紅色，再塗上紅色，再塗上紅色……

直到，徹徹底底變成黑色爲止。

時間的流動停止了，整個空間像是被上了鎖，唯有老魏的胸膛尚在劇烈起伏，整個身軀都在發抖，不可理喻的衝動在瘋狂地流竄。

死神轉過頭，一格一格的，像是頸部安裝了齒輪，直視著所有閱讀這篇故事的讀者。

他用低沉嘶啞的嗓音。

傳達無可挽回的悲愴。

「接下來，是死神時代。」

最終，落下黑色的眼淚。

故事以前

「喂喂喂，生化戰劑都出來了，再來搞成世界末日的話，會被讀者在討論區罵糞作喔。」

我會這樣說是希望他可以收斂一下，很顯然再來就是以老魏爲主的死神篇章了，再寫下去又是二十萬字，根本沒完沒了。

遭到囚禁、奴役的我難免忿忿不平……

對了，沒有前情提要的話估計沒人懂目前的狀況。

是這樣的，有一天，我結束手上所有案子，正準備進入冬眠耍廢時期之際，有個窮凶惡極的存在闖入我的安樂窩，用未知的神奇能力控制我的雙手，使腦部失去控制權，呈現人在驚慌失措，但手自動輸入文字的弔詭狀態。

對，像是現在。

「其實我一直想告訴你，目前書還沒印製，故事還沒上架，所以除了你之外並沒有其他的讀者。」這名自稱天庭的綁匪又開始變態地窺視我的內心。

「沒其他讀者看到，那這些神是在講辛酸的嗎？」我反唇相譏。

「應該說現階段只有你看得到。」

「……沒人聽得懂你在說什麼啦。」

「這些神明其實是在跟假想的你說話。」

「聽不懂啦，乘二。」

「我全知了他們實際的想法，再透過這種打破第四面牆的戲劇方式讓你知道，考驗你是不是能夠從中，得到某種領悟……」

「讓我知道有什麼用？我就是個腦袋被植入晶片的猴子，任你控制耍玩而已。」我真的有點悲憤，如果這個世界眞的有神、如果這個世界的神是這副德性，也難怪世風日下、人心不古。

「抱歉，我不揹這種責任。」

「到底什麼時候能將已經肌肉發炎的手還給我？」

「快了，故事即將結束，目前的因果太過複雜凌亂，至少有七千多兆種的變數，逼近我能預測的極限。」

「呵呵，不是說全知全能嗎？再吹呀，呵呵呵。」

對不起對不起對不起對不起對不起對不起對不起對不起對不起對不起對不起對不起對不起對不

起！

「……」

「唔唔唔唔唔！」幹，我的舌頭突然變成一隻雞，「咕咕咕咕、咕咕……」

「靠，剛剛是怎麼回事……」我大口大口地喘氣，口腔中突然冒出一隻雞的感覺眞的太噁心。

「就算是全世界最強的職業投手，投手丘要是距離本壘板一公里遠，也不可能投進好球帶，但是，我們不會否認他依舊站在投手界的頂點。」

「是的，您說的都對。」

「能明白就好。」

「小的，受教了。」

「就算我沒控制你的眼睛，想必你也是瀏覽了整個故事的過程，對吧？」

「喔，我的閱讀能力應該是沒問題的。」

「看得出來愛神眞正的想法嗎？」

「這種混亂邪惡的愉悅犯……唯一的想法就是怎麼拖著周遭的人下水，在最後她證明了必安的姊弟之情，遠遠比不上對大傻的愛情，堅信人類有無私情感的死神顯然很失望，一臉就是被愛神污染的樣子。」老實說，我對這段的過程特別有興趣。

「沒有那麼淺。」

「淺？」

「對，愛神想要的，是更瘋狂的東西。」

「更瘋狂，你該不會說是世界末日吧？」

「不是……」

「……」我明顯感受到了他的語氣在變化，不穩定，更加飄渺。

「她正在挑戰。」

「……挑戰什麼？」

「她想要看看那一道巨門後面，究竟有什麼東西。」

「……」我的心跳突然變得好快。

無法用辭彙描述的壓迫感在累積，頭像是戴著十公斤的安全帽，思考速度也開始降低，緊接著眼皮開始狂跳，人體天生的無形雷達在叫，我必須去搞清楚到底是怎麼回事，否則凸起的雞皮疙瘩無法平復。

「為、為什麼會這樣？」

「這是愛神給我的挑戰書。」

不清楚這傢伙是不是某種老中二病患，我一直很努力要記憶或看清他的臉，但是除了嘔意，大腦沒有產生任何足以讓我轉述給警察的印象，為了舒緩嚴重的不適，只好將視線重新擺回電腦螢幕，冷不防，我的電腦螢幕跳出一則新聞快報的通知……

快訊！涉嫌掏空金陽建設公司的董事長許萬里失蹤，警方深入調查當中，詳細新聞內容，請點擊下方網址……

不會吧？

不可能吧？

他馬的這是什麼鬼？冷汗沁濕了我的T恤，所以說，那個被爆頭死在廟埕的歐陽是真的？小小年紀就設計自己親爹的林音是真的？差點被窮神玩死的恆森是真的？被自己老婆搞到身敗名裂的白熊是真的？

連開早餐店的姊弟也是真的？

巨大的恐懼告訴我，體內雷達的反應全是真的，以上通通是真的。

「這個故事……未免太、未免太像真的……」

「所以我找上你。」

「不要找上我，拜託！」

「你最適合。」

「我一點都不適合。」

「不用懷疑我的決定。」

「OK，既然如此，全知全能的你……隨便動動手指就能阻止愛神了吧。」

「我說過這樣太無聊。」

「如果是挑戰，最終你一定會贏啊。」

「是的，於是我想……找一個擁有長時間書寫的技能，除此之外一無所有的人來接受挑戰，不是很有趣嗎？」

「簡單說你只是要一個會寫作的廢物……」

「是。」

「來增加過關的難度？」

「是。」

「幹，那我直接投降算了。」

這是在開什麼玩笑，先不管那些動不動就殺人的黑道組織，也不管那些內心異常無法預測的角色，光是那個明顯有精神問題的愛神存在，我這種宅男是要阻止個屁，還不如躲在家裡算了，無論多厲害的生化藥劑，只要戴好防毒面具，躲在家裡足不出戶，一定可以度過難關。

「忘記告訴你……在這波疫情中，你是第四百七十二號遭到感染的病患，也是第三百九十一位罹難者，孤單地死在急診室外臨時搭建的棚。」

「屁啦！」

「你可以挑戰我的全知，無妨。」

「……」

這個傢伙根本就是擁有不可思議力量的流氓，更可怕的是，他說出來的預言，估計都會是真的。不過，要手無縛雞之力的我兩手空空去對付虛無縹緲的存在、去改變根本還沒發生的劫難，無論從哪個角度來看，這都是滑稽到不行的荒誕喜劇。

「至少，至少要給我一些超能力吧，比方說眼睛可以噴出雷射光、雙手可以吐出蜘蛛絲、身軀力大無窮變壯又變綠……」

「我給你了。」

「我現在根本是手腳被綁上繩子的木偶，白白替你寫了五、六十萬字的小說，哪有什麼超能力？」

「就是這五、六十萬字。」

「靠……」被呼嚨的感覺眞的很糟糕，這個簡直像是勇者穿越到異次元準備抵抗魔王時，卻只從女神手上得到一把筷子一樣離譜。

「足夠了。」

「就這樣？故事結束了？」

「這五、六十萬字不過是前言，眞正的故事將是由你親自執筆書寫。」

《超殘虐愛神》全書完

國家圖書館出版品預行編目資料

超殘虐愛神 / 林明亞 著.——初版.——
台北市：蓋亞文化，2021.03
面；　公分.——
ISBN　978-986-319-530-6(第2冊：平裝)

863.57　　109020345

ST023

超殘虐愛神 2（完）

作　　者　林明亞
封面插畫　蚩尤
封面裝幀　莊謹銘
責任編輯　盧琬萱
主　　編　黃致雲
總 編 輯　沈育如
發 行 人　陳常智
出 版 社　蓋亞文化有限公司
地址：台北市103大同區承德路二段75巷35號1樓
電話：02-2558-5438　　傳真：02-2558-5439
電子信箱：gaea@gaeabooks.com.tw
投稿信箱：editor@gaeabooks.com.tw
郵撥帳號 19769541　戶名：蓋亞文化有限公司
法律顧問　宇達經貿法律事務所
總 經 銷　聯合發行股份有限公司
地址：新北市新店區寶橋路二三五巷六弄六號二樓
電話：02-2917-8022　　傳真：02-2915-6275
港澳地區　一代匯集
地址：九龍旺角塘尾道64號龍駒企業大廈10樓B&D室
電話：+852-2783-8102　　傳真：+852-2396-0050
初版一刷　2021年3月
定　　價　新台幣 250 元
Published and printed in Taiwan

ISBN 978-986-319-530-6